如花綻放的日子

林美琴——著

自序 歲月花籤

常常，我會被一朵花吸引，靜靜欣賞著花顏從燦爛走至凋萎的時刻，自以為如此，才真正擁有這朵花最美的絕色。走過青春年華，在女人的宿命與自我追尋中迷惘前行，回首來時路，才發現在花開花謝的韶光裡，也為如花的女人寫下了生命史，關於那些美麗與浪漫的人生際遇，關於青春逝事與生命流轉的滄桑。

於是，我一直想寫一本「花書」，希望以花的意象來書寫女人的生命與心情，從花顏的視覺延伸到生命的觀照，探訪心靈花園。因著花與人的共情共感，汲取人生的美麗與精彩，並且從百花含苞、綻放與凋零的歷程裡，洞見生命的多元面貌與悲歡實相，從而在浮沉世間通透人情，焦躁的心因此安頓，徬徨的心得以安駐，因而救贖，從中療癒。

因此，這本書以花的各種樣貌為意象，分為「情愛花園」和「心情花季」上下兩卷，書寫女人的生命情事，藉由花草與人、花園園丁等不同身分的多重視角來叩問生存各種命題，不著墨於每則故事的細節鋪陳，期能有更大的空間，讓讀者演繹各自人生的想像與真實，如同每朵花的屬性不同，各有美麗獨特的姿態，卻也有生命共通的法則，一草一花的抽芽怯喜如生命或愛情的悄然發生，盛開的璀璨與凋零也自是歲月裡的華麗與蒼涼，但藉由生命本質的梳理，不同時空、不同劇本的女人得以擁抱生命悲歡共存的實相，因而豁達，活出自己的淡定、優雅與從容。

對於有著文字戀的我而言，文字是我眺望世界以及洞見自己的窗口，書裡的文章陸陸續續都在報章雜誌發表過，我以賞花的眼睛看浮生，在歲月裡寫下這如花籤的文字，夾在我的人生之書裡，作為生命的註記，如今整理成書，也重新翻閱我的過往人生，回味青春悲喜以及走過的光陰，這書寫過的文字，如同人生的重點備忘，那些擁有過的幸福、淬鍊的勇氣，以及未來的祝福，都在文字阡陌裡開出花來，我在字裡行間拈花微笑。

感謝出版社給予我這片沃土，讓我的生命花園得以繼續修剪蔓蕪，播撒更多的種子，暢然迎向天光，也期待這本書分享給讀者生命之花的美麗種子，耕耘光燦妍麗的生命花園，日子如花綻放。

目次

上卷　情愛花園

想像一座流麗絢彩的花園
流轉哀喜悲歡的人間情事

曇花

匆促的夜

白色花瓣逐漸舒展開來
彷彿想擁抱無聲無息的夜
重重複瓣綻放
以華麗的盛放勾引銀白的月光
企圖挽留月與夜的匆促腳步

Photo by epiforums

那年，她種的曇花突然長出花苞，幾天後，花苞飽滿結實，她預料那晚會開花，就約他來家裡賞曇花。

她對他說起曇花的身世：「搬來這住處後，就看見陽台上這盆不知名的植物，見它日日枝繁葉茂，也不怎麼留意，還是鄰居告訴我這是曇花，即將開花，我才知道。聽說曇花只在晚上開花，白天就謝了，今晚我們好好看看它到底什麼模樣，那麼神祕。」

她對曇花的好奇，也如同對愛情的試探，他們的戀情才剛開始萌芽，兩人在同一所大學念書，不同科系，卻選了同一門通識課，偶然上課時的鄰近座位，因為借筆記聊開來，慢慢熟稔，常常同進同出，週遭的人當他們是一對，沒談過戀愛的彼此就也懵懵懂懂的視對方為戀人，開始學習怎麼去戀愛，小心呵護一生中第一次的戀情。戀愛究竟是什麼模樣？他們正逐漸掀開這朦朧的面紗，如同等待曇花的美麗現身。

暮色降臨，她小心翼翼的將曇花移至屋內，清白色的花苞緊閉，懸掛在枝枒上，毫無動靜，如同舞台上等待開啟的聚光燈，正等待好戲上場。他們坐定，將目光定住在曇花身上，屏氣凝神，靜待這場花的演出。

夜的腳步逐漸逼近，植株在昏黃燈光的掩映下，優雅含蓄地隨著陣陣晚風輕擺枝枒，彷彿試探世間冷暖，不敢驟然開啟心房，漸漸的，緊閉的花苞如唇輕輕開啟，欲語還羞，卻依舊不敢全然投身夜幕的懷抱。

牆上的鐘一聲多過一聲的敲著，流光滴盡，燈殘夜漏，夜正逐漸走到盡頭，即將消失在下一個白晝的開端，花苞輕輕搖顫，不再設防，白色花瓣逐漸舒展開來，彷彿想擁抱無聲無息的夜。重重複瓣綻放，以華麗的盛放勾引銀白的月光，企圖挽留月與夜的匆促腳步。

不再遲疑的曇花終究抵不過冥冥已定的命數，黑夜終究被白晝吞蝕，天際逐漸泛白，曇花悄悄收起花蕾，將一切邂逅又離別的心事包裹起來，企圖回到原來開花前的姿態，假裝若無其事，彷彿一切未曾發生，讓所有沉沉睡去的人一夜無夢醒來後，依舊看到的是它的矜持含藏，看似留住青春，但已垂首的花朵及花苞末端褐萎的倦態，難掩已老的容顏。

他們整晚守著曇花，看透曇花短暫且滄桑的情事，如大夢一場，但無眠的兩人臉上都露出疲態。

爾後，他們也如同那晚的曇花情事，矜持的她如同遲疑試探、不敢貿然投入長夜懷抱的曇花，和男友玩著你追我逐的戀愛遊戲，但隨著黑夜逐漸走向盡頭，白晝來臨，曇花終究無法抵禦生命的變數，她也如同那晚與黑夜撕扯的曇花，留不住夜，他愛上了一個像陽光一樣燦爛的女子，所有的情事在陽光下清朗明白，他們如夜戲一樣的戀情悄然落幕，黯然分手。

時光流轉，陽台上的曇花開過一次又一次，在夜晚的角落裡重演著相同的情事，卻已經沒有人熬夜等候。常常，在她發現曇花花苞時，卻總是失望地看到已綻放過的憔悴疲憊，它在昨夜或更早的夜裡已經無聲無息地開過了，她懊惱不經心地錯過，卻又想到那晚與他看了曇花，已經揭開了它的神奇奧秘，如同已經看過的淒美小說，不但因為知曉結局而興趣缺缺，更因為情節的酸楚不忍再閱，她也總是在一次又一次的愛情中，一個個的他走遠後，才懊惱光陰的短暫和自己如曇花的遲疑，而她也學會像悄悄開過的曇花一般，將心事層層裹起，裝作若無其事。卻也難掩憔悴的容顏。

偶然間，她無意中聽到曇花的花苞可以當藥食補，就開始將開過的花朵剪下，冰凍在冰箱裡。逐漸地，她擁有滿冰箱冰凍的曇花，憑弔刻骨銘心的第一次和無數次深深淺淺的戀情，如同那枯索冰冷的曇花，失去甜蜜，只是藥物，卻不知道究竟能治好什麼病。

園丁語錄

Gardener's Notebook

曇花，原產於南美，白色、淡雅，夜間開放為其特色，在晚上 10 點左右開放，午夜時盛開，清晨凋謝。

- 別　名：瓊花、月下美人
- 花　語：剎那的美麗，一瞬即永恆
- 花　期：夏季
- 花環境：多年生庭園植物，將有節的枝條切下，插種於肥沃土壤即可繁殖，性喜溫暖潮濕，夏日需遮蔭防曬，乾燥冬季應注意補充水分保濕。

* 各篇「園丁語錄」的說明取材於維基百科、養花網等各網站，由於花語、產地、別名等各家說法頗有出入，以最多論及的共同說明作為撰寫依據， 讀者若想精研，可再深入探究。

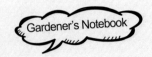

瑪格麗特

算命之必要

摘下希望的純白花顏占卜愛情
一瓣一瓣
白白的花影流動如霧
翻飛於飄忽不定的愛情海

春天的夜晚，回暖中混雜著幾絲寒意，她獨自坐在咖啡廳裡，無意識地以吸管攪拌一杯奶昔，乳白色的泡泡虛張膨脹著，桌上幾枝插在水瓶裡的白色瑪格麗特，無辜而置身度外地注視著她。

「我真的好困擾，不知道該選擇誰？」她想：「他們三個都可能會是好丈夫。」對她這個事業心很強的女人而言，就像是一枝看似高貴但也驕傲的瑪格麗特，男人不過是她工作沉重壓力之餘，暫時歇躺喘息的靠枕罷了。

「D願意等我十年，H願意等我，直到我與別人結婚，J願意等我一輩子，否則終身不娶！」

「看來J用情最深了！」她想。

窗外對街電影院的看板上，一對俊男美女深情對視，眼神瀰漫著夢幻神采，人群如潮湧般，聚集售票口，等著參與這場愛情的盛會，她看了看腕錶，離電影放映的時間還早。

窗邊的瑪格麗特爍爍閃滅著電影院五彩的霓虹燈影，遊移幻變各種詭譎的姿彩。

「可是D很實際，一分一秒都很明確，這樣的男人實事求是，值得依靠，更何況他提出等待的年限，對我一定是認真的。」

「既然如此，我應該選擇Ｄ？」

她笑一笑又茫然搖搖頭。

售票口開了，人群突然竄動起來。

她望著窗外的景象，隨即回頭望著桌上白色瑪格麗特的純真花顏：「可是他是否也意味著只愛我的年輕容貌，十年是不是也是愛情的期限呢？」

她又看了一眼電影院門口，散場與即將進場的群眾擁擠著，她油然升起送往迎來的疲憊感受。

「可以預期的浪漫缺乏愛情的驚喜，很快地就索然無味了。」她想。

「那麼Ｊ呢？多麼寬廣的空間啊！」

她伸了伸懶腰，坐了許久了，閒閒玩弄著瑪格麗特，白白的花影流動如霧。

「他的浪漫無邊無際，太不實際了，一旦以他為歸宿，將會是燃燒的火鳥，與之俱焚。」

被她在手中盲目旋轉而昏眩的瑪格麗特，萎萎地散落幾片花瓣。

「那麼Ｈ呢？理性和浪漫的調度者，應該很適合我吧！」

她露出有如回春的笑顏，隨即攏聚而來的魚尾紋卻有如多叉路線，令她踟躕憂惶。

「唉！H只是個對位者吧！不是他的位置就自動讓開，這樣的婚姻缺乏愛情義無反顧的堅定，可能也不會長久。」

「那麼我最後的抉擇呢？」她輕聲問著瑪格麗特的花顏，突然虔誠而宿命：「那麼，就來占卜決定吧！」

她開始一瓣一瓣地撕下瑪格麗特純白的花瓣，占卜她的愛情，第一瓣是D，第二瓣是H，第三瓣是J，花瓣翻飛，墜身情愛紅塵，倒映在玻璃窗上，如吉普賽占卜的水晶球，在反射與折射之間，渙散成不見全貌的人影，愛情也在一瓣瓣的撕毀中找不到原來的形貌，只剩下瑪格麗特孤獨而粗糙的花梗，失去純真與嬌柔，隱射她內心那一片情愛的荒原。

園丁語錄

瑪格麗特，原生於澳洲，多年生橘科草本花卉，常見白、黃、粉紅三種花色，近來繁殖出多樣花色。十六世紀時因為挪威的公主 Marguerite 喜愛此花，就以自己的名字為此花命名。此花深受少女喜愛，傳說可以用瑪格莉特花瓣占卜，預測戀情的發展。

- 別　名：木春菊、延命菊、茼蒿菊
- 花　語：暗戀、期待的愛、喜悅
- 花　期：10 月到翌年 5 月
- 花環境：5、6 月至 9 月之間可以插枝繁殖，宜肥沃且排水良好的土壤，喜歡涼爽溫潤的環境，夏季防曝曬，冬季防霜凍。

風信子

等一個人

挺著孤獨的花莖
一朵接著一朵的藍紫色小花
爭先簇擁在枝枒的末梢
引領等待她的愛人

Biodiversity Heritage Library

春雨綿綿的午後，咖啡館裡冷冷清清，她聽著空間裡盤旋的情境音樂，不經意看到窗外人行道上一對撐著傘的戀人，小小的傘下世界，兩人緊偎相依，不時相視微笑。她將眼光移回屋內，一股寂寥襲上心頭，看著桌上那盆藍紫色的風信子，挺著孤獨的花莖，一朵美過一朵的小花，爭先恐後的簇擁在枝枒末梢，彷彿正引頸期待愛人的到來。

那時，他常常來店裡，習慣坐在那張現在擺放風信子的桌前，男人眉宇之間那抹憂愁氣息深深吸引了她。

也是這樣的春雨午後，咖啡館裡就只有他這個客人和主人，她為他煮咖啡，和他有一搭沒一搭的聊起來，漸漸地，他開始宣洩心中的苦悶與愁悵，她聽著聽著，在他的桌前坐下來，身心都逐漸向他靠近，他稍停下來，低著頭啜飲咖啡，一抬頭看見一雙為他泛淚的眼眸，在這雨水淚水兩迷離的春雨午後，不禁動情地牽起她的手。

翌日，還是這樣氤氳春雨的午後，他撥開重重雨簾來了，買了這盆藍紫色風信子送給她，她看著這單一枝幹頂端認真開滿朵朵小花，剎有其事攢聚成一片風華，便開心的笑了，她知道在愛情的世界裡，平庸的姿色是她黯淡的主要因素，而她的動人在於善體人意，雖然如小花一樣看似不起眼，卻有著努力開花的誠意，現在有人看到了、懂她了。

他走後，她在這盆風信子的桌前，寫了一紙又一紙飄著淡淡花香的信箋等著給他，婉轉訴說難以啟齒的話語，想要傳遞愛意，店裡的工讀生笑她老派，說是現在網路時代已經很少人提筆寫信了，而她想要慎重其事的精煉款款深情，等著他攤開信紙，細細品味，如同店裡一滴滴精釀萃取的香醇冰滴咖啡。

然而，漫長的雨季裡卻沒有再見到他的身影了，那寄不出去的淡紫色紙箋裡的綿綿情意，彷彿也化為一片雨霧，而她在霧中看著那一株風信子，也只是一團紫色的迷霧，映照著他朦朧的影子，風吹過，一陣冷顫，掉落滿地的花瓣。

她總是等著，等著他忽然記起有她這麼一個人，雨季過後，陽光耀眼，但他也逐漸遙遠。日子在期待與失落裡一天一天過去，他還是沒有任何消息，彷彿淡出在時間之外，只剩下桌上的風信子與她親筆寫的信，確信這一切曾經發生過。她自認為懂得這盆風信子的心意，也如同風信子在不斷的花謝裡仍然不斷向上開花，一朵爬升一朵，攀著時間的梯，引領期盼。

爾後，日子在她的思念裡蹣跚走過，她依然等不到他的足音，於是刻意將生活安排的很忙碌，想擱置一切的情思，逐漸忘了他，卻又常常卡在相思的縫隙動彈不得。

終於有一天，他來了，她捏緊那封想對他表白的信箋，卻隨即看到他身後有一位耀眼的女子，他高興的對她說已墜入情「網」，介紹這位在網路上認識的知己女友，她可以隨時在線上伺服他起伏不定的心，她這才發現網路飛速奔馳的便捷與殘酷，她這個將愛情架構在腦海中慢慢醞釀的古典女子，百轉千迴的情思困在咖啡館的時空裡，無法順利快速傳輸，或者早已在原地空耗轉圈而當機，她看著親密的兩人談笑著，而自己卻如同那一株風信子，每日努力綻放花朵，卻也只是孤芳自賞，無邊的空虛交錯，只剩下她在過多的淚水與雨水中嚶嚶垂淚。

梅雨季節來臨，花莖上的風信子花朵已然凋謝，再也沒有小花繼續攀爬開放，她移走咖啡桌上這盆風信子盆栽，卻捨不得丟棄，遂取出球根，想種在前面的花圃裡，挖開盆栽的泥土，卻看到潮溼腐爛的球根，如同她哭泣而凋零的心。

園丁語錄

Gardener's Notebook

風信子，原產於地中海沿岸及小亞細亞一帶。多年生球莖花卉，肉質葉片狹長，葉叢中央長出單一花莖，紅、白、青、紫、黃多種花色於莖頂聚生數十朵小花，呈圓柱狀花形，並散發甜香。

- 別　名：洋水仙、五彩水仙
- 花　語：點燃生命，同享豐盛人生。
  另外，不同顏色的風信子也有各自更深入的花語。例如：白色——恬靜、暗戀；粉紅色——傾慕、浪漫。
- 花　期：春季
- 花環境：栽培於花壇或盆栽，於秋季 9 至 10 月播種於育苗箱，或以球根繁殖，喜歡排水良好、表土深厚而鬆軟的砂質土，極需日光及水份，若日照不足或冬季太乾燥將妨礙開花，多雨、排水不良時，地下部鱗莖易腐爛。花謝葉黃時，可挖出球根，陰乾兩三天後，貯存於陰涼乾燥處，待秋季培育新株。

雛菊

野性的青春

純白的小花
有如天真爛漫的清純少女
剎那間春光洋溢
以青春的浪盪
撩撥他長久以來孤寂的心

離婚後，他搬了新家，離群索居，一個人重新生活，新家窗戶外有一處大花台，他沒有心思種什麼花，正好呼應這屋子與他的空盪與孤獨。

有一天，不知名的綠芽突然從花台冒出來，起初他並不以為意，但這片野意來勢凶凶，繁延快速，很快的滿窗滿眼綠意，他依然沒有心情打理這不請自來的訪客，不久後，花台上開了一片小雛菊，好像天真瀾漫的清純少女，從窗口探出頭來看著他，剎那間滿屋子春光洋溢，這恣意與浪蕩，撩撥他長久以來孤寂的心。

他情不自禁地對著這片迎風招搖的雛菊發呆，浸淫這一日濃過一日的野性青春氣息，彷彿也從槁木死灰裡又燃起了生機。

有一天，朋友來訪，看到花台上這四處蔓延、喧賓奪主的野菊，搖搖頭對他說：「這麼多的野花野草都沒清除，你該打起精神、好好重新過活了。」他突然間愣住了，原先興緻勃勃，想將這處雛菊花台與朋友共賞，沒想到朋友卻不容這份野趣存在，他更不敢說起朋友眼中這片頹廢，正是他近日耽溺的新樂園。

朋友離去後，他望著花台上熱情洋溢的雛菊發呆，在世俗眼裡，這健康青春的美麗卻因為不請自來而不登大雅之堂，更因為她們的美垂手可得而顯得卑微廉價，甚至不容存在，必除之而後快。他想起矜持閉塞的憔悴前妻，索然乏味的嚴謹生活，以她勤儉持家的婦德和名門正娶的高貴身分不斷考驗他的情操，又想到介入他婚姻的第三者——那個亮眼活潑的年輕女子，但這雛菊儘管美麗，終究是野生野長的那種命，如同那逢場作戲的女子也不是適合家內生養的品種，想起因為一時回春渴望而失去婚姻的自己，不禁湧起一股悵然的悲哀。

園丁語錄

雛菊，原生於歐洲，多年生草本植物，花朵有單瓣和重瓣的品種，粉紅、白、紅及交雜複色等諸多花色與黃色花心相互映襯。原種常被視為叢生的雜草，在原野開成一片花海。

- 別　名：長命菊、延命菊
- 花　語：天真
- 花　期：春季
- 花環境：喜好陽光與排水良好的環境，耐寒性強，9 月播種或分株繁殖即可，種子均勻撒播於濕潤細泥炭土，不需覆土，約 7-14 天發芽，種植容易。

星辰花

昨夜星辰

愛情如星光
迷離曖昧
忽明乍暗
點點白色小花如繁星閃爍
照亮剎那的光燦
蠟質花穗堅持不凋的容顏
紀念曾經的存有

Photo by Magnus Manske

他送給她一束紫色的星辰花，說是要給她滿天的星光。

她捧著星辰花，看著花萼之間的點點小花真的彷彿夜空中的熠熠星光，想像自己擁有滿天的璀璨星星，向來老成的她遂也幻化為少女漫畫裡眼睛閃著星星的純情少女，這寄身於亙古宙體的愛情超越善變不定的陰晴、脫拔紅塵俗世，彷彿是他不變的承諾，她頓時便篤定了。

她喜歡博學多聞的他，聽他侃侃而談，可以聊個天荒地老，天地之間只有他懂她的幽微心事，打開她緊閉的心房，也照亮瑟縮在世界角落、晦澀黯淡的她，這樣脫俗的愛情，凡夫俗子不懂，所以她也理所當然跨越年齡差距的世俗藩籬，談起她認定的永恆之戀。

她以他為宇宙的中心，如行星般繞著他旋轉，認定他是照亮自己生命的恆星，給了她篤定的運行軌道，於是，她在星辰花的紫沼中拉著他的縴，癡癡跟隨，冷熱哀歡想與他共嚐。

幾次溫存後，他不再常出現了，只有一束已乾燥的星辰花陪她無盡漫長的等待，後來，發現他身邊還有眾多女人環伺，這個宇宙的發光體不只供給她光亮，也照耀其他女人，而她也只是眾多圍繞他的小行星之一。

難得見面時，她急切地問他：「你和什麼人在一起？做了什麼事？想我的時候多不多？」

他對愛情自有一套宇宙運行的定律，他對她說：「當初因為妳深邃如黑洞的眼眸，勾引我如一場神祕太空探險的好奇，我才和妳在一起。我喜歡識大體的女人，氣度如同宇宙那樣浩瀚的女人，我不喜歡愛比較的怨妒女人。」

後來，她也發展了一套小行星的愛情哲學：「男人眼中識大體的女人，要不就是不怎麼愛那個男人，任由他去，要不就是男人的愛強大到足以讓女人信任，堅定守候。」

她知道自己很愛他，所以才會在意他，又期待他的專情，所以成為他口中的小心眼女人，被貼上這種標籤的女人接收不到發光體投射的光芒，如同她也總是覺得他的光芒微弱，兩人的愛情在夜空裡距離遙遠，迷離曖昧、忽明乍暗，他如普照的太陽，以照耀所有星球自豪，滿足自己的虛榮，而她只是被他照顧的一顆小星星之一，本身沒有光，本體依然陰寒孤獨。

她抬頭望向夜空，今夜微雨，找不到閃耀的銀河，回憶起昔日燦爛的星辰，卻只見那已乾燥的星辰花，那一片紫色光暈似乎仍以不凋的容顏歌頌愛情的永恆，而她的心裡卻雪亮的知道：星辰花花萼之間點點如閃爍繁星與閃亮愛情的小花早已凋謝，存在的只是紫色蠟質花萼與她失去潤澤的容顏，她的愛情如流星隕落，自己也已凝成冰冷無光熱、形容枯槁的蠟像！

園丁語錄

星辰花，藍雪花科，補血草屬，原生於地中海沿岸，耐乾旱、鹽分。多數的品種為多年生植物，特色是其葉形似湯匙，具有蠟質的花萼，有粉、紅、黃、橙、紫、白各種顏色，於花萼上端可開出五枚花瓣的白色小花，小花凋謝後，彩色花萼不會脫落且顏色經久不退，一般人常誤以為花萼是花瓣，因此有「不凋花」之稱，其實不凋謝的並不是它的花，而是花萼。白色小花和花萼在月光下彼此映襯，猶如夜空的點點繁星，因而有了「星辰花」之名，也常被作為乾燥花觀賞。

- 別　名：磯松、不凋花、湯匙花、匙葉草、三角花
- 花　語：不變的愛，留住你的心
- 花　期：4 月至 10 月
- 花環境：一般採用播種法繁殖，播種後覆一層薄土，保持適當溼度，約一星期即可發芽，待成長至本葉 3-4 片時移植，喜愛排水良好的土質與充足的陽光。9 月播種，冬天防凍，春天來臨即可開花。

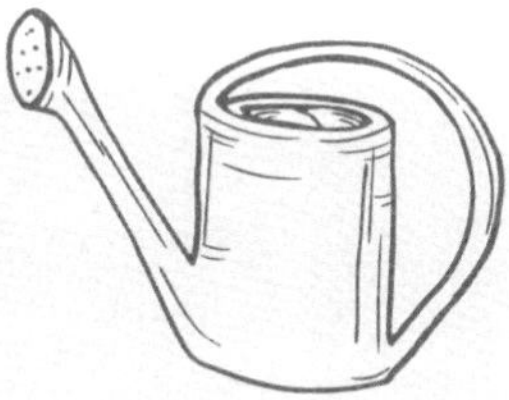

髮（紫藤）

一串串長長垂覆的香郁
交纏千迴百轉的癡情
一朵朵粉紫蝶形的浪漫紫花
如曉夢漫天飛舞的彩蝶
娓娓呢喃朝生暮死的愛情

Photo by Rebecca Matthews on Unsplash

她走入美容院，想剪掉披垂的及腰長髮。

髮型師睜大眼睛，撥弄著這一頭烏黑亮麗的秀髮，狐疑地說：「髮質真好！真的要剪嗎？」

她從鏡中看著在昔日青春歲月裡一寸長過一寸的黑髮，壯烈地點了頭，這最後的一眼也是愛情的決裂割捨。

回想起留長髮以前的自己，常常改變髮型來發洩鬱卒的心情，髮式如冷熱不定的善變天氣，長長短短不安份，當好不容易留長的頭髮唰的一聲被利剪吃掉，後頸一片涼意，總有一股腦兒卸下負擔與心事的輕鬆適意；或者原本清純的直髮在數小時後成為浪漫的捲髮，所有囤積的懊惱、挫折也隨著過去那個我消失，迎接勇於改變的全新自己。流行髮型時長時短，有時內捲有時外翹，還可以利用髮雕瞬間千變萬化，也許早上上班時是一頭服貼俐落的直髮，展現一絲不苟的明快幹練，華燈初上時，可以是一頭捲髮的浪漫風采，與情人甜蜜約會；假日時還可以是一頭亂中有序的慵懶，自在地在擁擠的逛街人潮中閒晃……。

髮型為她的心情代言，而她過往的愛情也如同各種髮型一樣，不斷分合離散，生活就像交與美髮師擺佈、追著流行翻滾的髮型，在不斷反反覆覆的改變中，不知道自己究竟適合什麼，也記不得自己最熟悉的樣貌。

因為他與一樹的紫藤，她努力留了長髮。

那時，他是她的哥兒們，他剛與女友分手，她在紫藤花剛綻放的茶藝館裡，陪他療傷止痛，他說最愛女友長長柔柔的飄逸長髮，她安慰他說：這樣的秀髮是男孩情竇初開的夢，是不食人間煙火的印記，等到愛情落入凡塵，遇到人間炊煙，大灶前煮飯生柴火時，那長髮終究礙事而不切實際。他卻說喜歡女孩留長髮絕對不是浪漫心態作祟，而是從清湯掛麵到如瀑布傾洩而下、閃亮光澤的長髮，必須要有毅力與恆心仔細呵護，還要有不被流行時尚誘惑的堅定意志，他喜歡的是長髮主人柔順細膩的心思與擇善固執的性情，他就是喜歡這種溫柔又有主見的女人，這是不可多得的人間極品，但這溫順的女人卻很有定見的離開他了，他的語氣裡有著濃濃的不捨與依戀。

她暗戀他已久，卻只能在紫藤花影中聽他談著一個令他動情卻心碎的女人，他說忘不了她溫柔的長髮風韻，回憶起兩人的愛戀如窗外紫藤花棚纏密的藤蔓，情愛如髮絲一吋吋滋長，彷彿那一串串長長垂覆的香郁紫藤，朵朵蝶形花如曉夢裡漫天飛舞穿梭的彩蝶，然而愛情終究也如髮絲脆弱纖細，因為誤解的事端，彼此不先道歉的自尊與僵持，在迷離恍惚之間，愛情就不明所以的淡出在兩人的世界了。

她聽了一整個下午纏綿悱惻的情事，以及交纏的心酸惆悵，天色向晚，望著渲染著夕陽餘暉的紫藤花串，深深憐惜他，也為那浪漫紫霧的髮絲著迷神往。

於是，她也開始把髮慢慢留長，原來留著一頭烏黑亮麗的飄逸秀髮可真不容易，她總是耐心的梳理容易打結的髮絲，並以護髮油一遍又一遍地輕攏慢抹，總也不厭其煩，希望以長髮換取他的愛。

她將夢挽在髮絲裡，想與他重演那一樹綿密垂覆、馥香襲人的紫藤愛情，終於以一頭長髮得到朝思暮想的愛情。他輕輕撫觸她的長髮，滑順的髮絲在微風吹拂與他的撥弄裡輕盈溜轉，如纖細的琴弦，奏出美妙的情愛樂章。她百般討好他，讓長髮揉捻纏繞他的愛意，如這不分叉、不斷裂的長髮，讓如紫藤浪漫的愛戀，在她的耳鬢廝磨。

花季終了，紫藤花謝了，蝴蝶飛走了，他也從幻夢裡醒來，終究發現她只是之前紫藤美人的替身，他癡心念想的還是那無法挽回的舊愛，而她在紫藤與長髮的浪漫淒美裡，中了愛情的圈套，任由長髮差遣自己，只是一場美麗的錯誤與困住自己的心痛糾纏。

她走出紫藤花已凋零的棚架，一頭披散的亂髮無力梳理，陽光曝曬下，被汗水濡濕貼伏，竟顯得累贅了！

於是，她毫不遲疑地請髮型師幫她剪個俐落的短髮，她知道長髮可以如美麗的花朵一樣招蜂引蝶，但她更想等待另一個不在乎她的髮型，卻能與髮下腦子裡思考起共鳴的情人。

於是，長髮喀嚓被剪下，散落一地愛情的屍體，她彷彿在紫藤花瓣翩然紛飛、落英繽紛的畫面裡，映照自己的陳年青春，悄悄地為自己完成一部串串紫藤為插圖的「髮的斷代史」。

園丁語錄

紫藤，原生於中國、日本，落葉蔓性喬木，蜿蜒的藤蔓常被當作夏季遮陽的庭園花木。花形如蝶，粉白嫩紫的長串花朵香氣襲人，還可以提煉香料。

- 別　名：朱藤、招豆藤、藤蘿、黃環
- 花　語：醉人的戀情、依依的思念、沉迷的愛
- 花　期：4 月至 5 月
- 花環境：可為盆景或庭園花棚、花架、花廊及圍籬植物。早春發芽前，剪取健壯的一、二年生枝條，約 15-20 公分，斜插於濕潤的砂質土裡，插植之後，保持陰涼與溼潤，三、四個星期即可發芽。需日照充足的環境，生長期要多補充水份，於 11 月至 3 月剪枝，可促進枝葉繁茂、花團錦簇。

彩葉芋

那晚月色惹的禍

春暖之際
如睡美人般悠然甦醒
捲曲新葉慢慢舒展開來
漸漸枝繁葉茂
斑斕的葉片一如過往燦爛的年華
引領她穿梭在回憶的街巷
溫存著過往愛情的美麗

四月乍暖還寒時節，每當她想起彩葉芋，那盆彩葉芋的生機就悄然醞釀，從土裡探出新芽來，漸漸舒展心形的斑斕葉片，從來不曾失約過。

對一個已婚的女人而言，收到示愛的鮮花已是奢求，只好自我安慰說那不切實際。這一天，她在花市裡被彩葉芋的斑斕葉片所吸引，大大小小心形的粉紅漸層葉片上，葉脈如血管縱橫密布，像一顆顆赤忱的心，儘管枝葉之間也開著淡黃色或乳白色的花朵，但沒有彩葉顯眼，反而令人忽略花的存在。

這樣的植物對於失去鮮花日常的她是一種慰藉，於是，她買了一盆彩葉芋，儘管生活裡沒有了激情，但她仍期待著先生赤忱的心意始終如一，更何況這長青的植栽也不會陷溺在花開花謝的淒楚裡。

然而，當冬季來臨，這彩葉卻也如花顏凋萎，在清冷的季節裡，終究一葉不留。她傷花如情凋，默默地將這盆失去生命跡象的彩葉芋置於庭園角落，只剩一盆泥土，卻也不忍拋棄。

日子一天一天過去，翌年四月的某一天，她發現這盆彩葉芋竟如睡美人一樣悠悠甦醒，從土壤中冒出新芽，如沉睡許久後伸個懶腰，捲曲新葉也慢慢舒展開來，漸漸枝繁葉茂，一如過往斑斕的年華，引領她穿梭在回憶的街巷，溫存著過往美麗的愛情。

因著每年彩葉芋的凋零新生，她的內心有了一處隱密的花園，在哀歡悲喜交替的日子裡，幫助她撐過冷寥的冬季，因為她知道，在春暖之際，彩葉芋便會從她的掛念裡冒出芽來，不管日換星移、歲月更迭，有如不渝的愛情。於是，她在似油盡燈枯的婚姻生活裡，悄悄的在心靈角落持續煨熱這顆有情種子，等待年年浪漫的春彩之約，讓她依然相信愛情的永恆，如當年先生的愛情誓言。

有一天，她對先生說起彩葉芋年年依約與她相會的情事，先生卻笑她說：「這有什麼特別的？只要溫度對、季節對，這類球根植物休眠後就會再長出來啊！」

她彷彿被澆了一桶冷水，想到那個海邊月夜，她的髮在月光濡染下閃閃發亮，月色下的她略嫌矮胖的身影也被延伸拉長，顯得玲瓏有致，一身衣裙隨著夜風吹拂擺動，幻化為月光仙子，他凝視著長髮漫天飛舞、因為嬌羞而兩頰酡紅、眼神盛滿閃爍星光的她，如觸電般意亂情迷，而在溫柔月光下的他，也是她神祕夜色裡的柔情王子。

那晚後，她成為他的新娘，在婚姻的既定流程裡，激情逐漸消失，浪漫的面紗也被掀起，真實的生活卻如此索然乏味。她想：也許他們的愛情只是那晚月色惹的禍，只是一時的目眩神迷，也是先生口中溫度對、季節對的美麗誤會吧！她清楚知道那一晚在現實中不會再回來了。

她看著正發芽的彩葉芋，想著先生對她所下的「溫度對、季節對」的大自然定論，回過神來洗手作羹湯，削起芋頭來，也許彩葉芋埋於土泥中的塊莖也像這塊芋頭吧！她感到削了皮的芋頭，黏黏濕濕的，大概溫度對、季節對，她的體質也相合，手上竟有點刺刺癢癢的痛。

園丁語錄

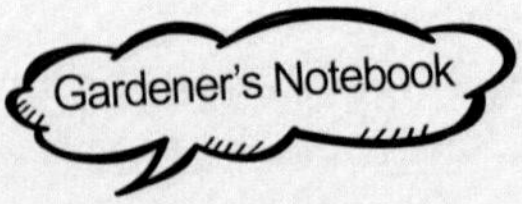

彩葉芋，天南星科五彩芋屬，原產於南美亞馬遜河流域，多年生常綠草本植物，地下具膨大塊莖。熱帶、亞熱帶常見的觀葉植物，品種繁多，在細長葉柄上會長出五彩的心形葉片，葉色變化多，如鮮艷的彩色畫板，夏天開淡黃色或乳白色的花朵，因為彩葉耀眼奪目，且可長期可觀賞，反而令人較忽略花的存在。

- 別　名：花葉芋、五彩芋
- 花　語：喜歡、愉悅
- 花　期：3 月至 9 月
- 花環境：葉片大而薄，陽光直射容易灼傷，適合室內光線明亮處、陽台內側半日蔭生長。喜高溫、高溼和半陰環境，宜肥沃疏鬆和排水良好的粘質土壤。適宜生長的溫度 20-30°C。每年 3 月可將帶有芽葉的小塊芽莖植入壤土即可繁殖，入冬後葉片逐漸枯黃，進入休眠期，無需照料，不需補充水分或雨水，翌年 3、4 月又開始萌芽生長。

相思

思念的滋味

一朵朵相思花像粉撲
灑了滿天的金粉
妝扮愛情滋潤的光彩容顏
細細的花絲與金色陽光交織的經緯如情網
有情人心甘情願深陷其中

Photo by Nina Luong on Unsplash

他與她定情，因著一樹相思。

那天，她坐在圖書館的習慣角落，趕一份作業，窗外是一棵相思樹，在春夏交替時節開了滿樹癡黃的花朵，暖暖的，如同即將迎接豔夏的慷慨陽光，照耀著她正值青春的黃金歲月。

因為這窗景的緣故，她一向喜歡坐在這個位置，寫完一個段落後，抬頭賞樹歇息一下。那一天，他坐在她的對面，一扇窗台框住一樹相思和兩個看樹的人，在千分之一秒的剎那間，兩人不約而同從窗外轉回頭來，恰好眼神相遇。後來，她常常碰到他，兩人一樣的位置，不約而同抬起頭來，共望相思的窗。

因為這棵相思樹，他們不久後就生命與共了，她知道同時抬起頭來望向窗外絕非偶然，他喜歡她像相思樹羽狀花朵一樣纖柔，而她喜歡一樹暖暖如夢如詩的溫柔。一朵朵相思花像粉撲，在太陽光影下細細愫愫，有如灑了滿天滿地的金粉，映照她被愛情滋潤的光彩容顏，一蓬蓬相思花細細的黃絲與金色光線互為經緯，交織成情網，他們心甘情願陷入其中。

終於，在落了滿地相思花的季節，他準備赴美求學，邀她一起前往追逐夢想，但她的家庭經濟狀況不佳，弟妹也未成年，身為長女的她必須分擔家計，無法與他同行，他眼裡盡是眷戀，迫於現實的無奈，又不想讓她為難，只好體貼的對她說：「好好想我，等我回來。」她知道這樣的分別是一種溫柔的堅強，遂強顏歡笑對他說：「我最懂相思的滋味。」兩人會心一笑。

他走後的第一季，相思樹是她溫柔的妝台，她以細細的粉撲花為他守著最美的容顏，在窸窸瑣瑣風吹樹動的心事中，溫存著過往的情事，寫了滿臉的甜蜜相思。

第二季，滿地相思落花細細碎碎，如同他斷斷續續的回音，她開始怨歎他的薄倖，滿腔相思逐漸凋零成一樹的寂寞。花季過後，花顏不再美麗，乾癟的豆莢掛滿樹枝，彷彿為情愛流乾淚水的她，形銷骨毀，一身憔悴。

接著，他的音訊渺茫，失去蹤跡，她將他塵封在生命深處，心裡卻仍惦著他厚重的份量，流連於相思樹下，在花開花謝的季節輪轉裡，回味愛情的美麗，卻也迷惘愛情的變幻。

有一天，她經過公園一處相思樹林，聽到一群老人正坐在樹下憶往談古，原來，相思樹幹是往昔歲月裡木炭與薪材的原料，她這才知道，走過愛情的花季，沒有了花也沒有他，她充其量不過只是相思樹腹，是熊熊烈火的柴薪，那已枯竭的愛情，終將在時間裡燒成灰燼。

園丁語錄

相思，原生於臺灣，菲律賓也可見。豆科常綠喬木，高 10-15 公尺，開金黃色細絲如粉撲的球狀小花，花落後結出褐色長扁莢果。樹幹是早期台灣爐灶烹煮的薪材、窯場的炭薪，較粗者可用來製作枕木，樹皮可當染料。常見分布於台灣低海拔山區或丘陵地，也是優良的行道樹及庭園樹。

- 別　名：相思仔、香絲樹、假葉豆
- 花　語：相思、忠貞不渝的愛情
- 花　期：4 月至 5 月
- 花環境：以種子繁殖，播種後第二年即可定植，樹高 2 公尺內移植較易存活，成木後採自然放任式培育，第 4、5 年宜整枝，耐旱、耐風、不擇土壤。

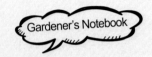

波斯菊

最愛

盈盈的花顏如一張緋紅的臉
在情愛世界羞赧歡悅
卻以鋸齒狀的花瓣邊緣
訴說殘缺的無奈

他原本是她人生的過客，因為工作而互有往來。那一天，例行性的商業午餐飯局後，他們一起走出餐廳，不知誰開啟了話題，兩人遂意猶未盡地聊著，為了延續相處的時間吧！彼此心照不宣，不往捷運站走去，遂繞進附近的小公園內，他說著工作、生活，漸漸聊到近來的想法與心情，她靜靜聽著，將他的悲歡一一接收，彷彿同是天涯淪落人，時間在彼此的交心裡瞬間定格，他突然摟住她，輕輕呢喃著：「該發生的自然就會發生！」

她瞬間天旋地轉，瞥見公園內一畦粉紫色的波斯菊毫不保留的敞開大大的花瓣迎向陽光，開得如癡如醉，如同全然不設防、投入他懷抱的她。

外表英俊斯文的他是愛情國度的優質品種，細心、善體人意，還有一雙會將女人融化的眼眸，這樣的男人容易令女人心動，雖然不時耳聞他的情史，對於他的表白，她不敢置信卻滿心竊喜，儘管懷疑是否只是他情感篇章裡的一段章節，卻也無法抗拒迷人的他，以及「該發生的自然就會發生」的情話。

於是，她接受了這場愛戀，如同定情那天的波斯菊一樣，盈盈花顏的緋紅臉龐羞赧歡悅，癡癡望著他，愣愣想著他，卻也得苦苦等著他不定時的愛情恩寵，掙得一點點溫存的時光。

她不禁向他求證業界流傳的群芳錄真相，他無辜地說：「那些女人都存在，我沒有想瞞妳。」又一臉誠懇的說：「但是我對妳的愛是真心的。」

她知道多情的他或是著迷於美麗的姿色，長髮飄逸、短髮俏麗、大眼明亮、小眼嫵媚，大嘴開朗、小嘴婉約，或者遇到一雙善解人意的眼神，或是一句心旌動搖的話語，或者日久生情的自然，都足以令他動情，這樣的男人不可能只取一瓢飲，她不也是因為他的多情才分得這份情愛嗎？他的坦白也是另一式的忠誠吧！在他每個都不能割捨的俠骨柔情中，她也不忍心放棄這段感情，回應以沒有個性而溫馴憨厚的癡傻，如同鋸齒殘缺的波斯菊瓣緣，她只是邊緣人，談著男人不能完整屬於她的殘缺愛戀，這場情愛也如同波斯菊纖柔的花瓣，脆弱單薄，隨風搖曳，卻不知如何安駐。

她開始陷溺在這場載浮載沉的情愛裡，男人越薄倖她愛得更深，百般迎合他，等著他，想在他的情愛章節裡多一些篇幅，但她長長的等待換得的只是短暫匆匆的相處時光，充其量也只是斷簡殘篇吧！

於是，在這若即若離的情愛關係裡，她以男人每次短暫相聚時的熱情誠摯告訴自己男人是愛她的，為了求得下次約會的可能與更多的憐愛，她將一切哀怨隱藏壓抑，但是一次又一次蕭索的等愛時光後，她終於發現自己擁有的不是美麗波斯菊開花的美麗榮景，只是如羽毛狀的細瑣葉片，沒有份量，也沒有了自我。

再次路過公園，她撿拾花壇裡的波斯菊殘瓣，想要拼湊出愛情的完整圖像，俯身卻發現這波斯菊寄身的砂質土，愛情終究如飛砂走石，哭紅的眼睛也只能以砂子跑進眼睛來掩飾，想到他「該發生的時候就發生了」的愛情魔咒，儘管知道自己不是他的唯一，她卻抱持僅有的一絲掙扎，要向他詢問一種說法：「那麼，我是不是你的最愛？」

園丁語錄

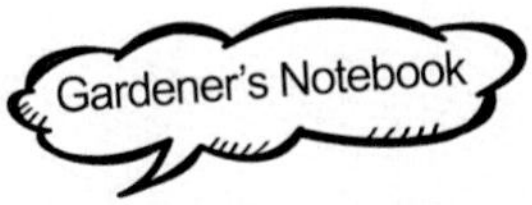

波斯菊，原生於墨西哥，一年生草本植物，開深紅、粉紅、白、黃、橙色的花朵。葉呈羽狀窄線形，枝幹纖細，突顯花朵的姿彩。

- 別　名：秋櫻、五瓣梅
- 花　語：白——少女的純潔，紅——少女的愛情
- 花　期：中夏至中秋
- 花環境：常被種於花壇裡，2 至 3 月播種，5 月即可開花，適合栽種於排水良好、日照充足的砂質土壤，耐高溫，生長迅速。

軟枝黃蟬

蟬蛻之後

在蟬吟的夏日繁華風采中
如羽化蟬蛹的花苞
如太陽的黃燦花球
蟬聲花影在動靜之間悠遊
共同演奏與陽光和鳴的愛情交響詩

那年春天，她在校園裡不經意接觸到一雙注視她的眸子，心裡湧起驚濤般的感動，她知道自己長得並不美麗，因為沒有其他人看她的眼神像他，當夏季第一聲蟬鳴乍起時，她接納了他，成為他的女朋友。

沒有戀愛經驗的她因為他的表白，受寵若驚，彷彿被欽點的嬪妃一樣，對他百依百順。他說喜歡她的溫柔淺笑與古典婉約的氣質，於是她為他穿起蕾絲上衣和浪漫紗裙。因為喜歡身邊有他的篤定，小心翼翼地從他的眼神裡反射著他喜惡的一舉一動，也將那個率性、喜歡穿牛仔褲的自己封鎖在心靈角落裡。

他們在盛夏沸騰著熾熱情愛，如同校園裡的軟枝黃蟬在豔陽下開得如癡如醉。她喜歡他牽著她的手，一路閒晃到校園裡的軟枝黃蟬花架下談情說愛，聽著由低沉逐漸高昂，一聲高過一聲，使出渾身解數拔尖而上、響徹天地的夏蟬鳴唱，看著開著鮮黃大花的軟枝黃蟬，搭著他在蟬聲花影裡的情話，在愛情的迷醉中，她突然不知置身何處，任由靈魂穿透時空，輕盈幻飛，形體的存在也只是虛殼了。

蟬聲逐漸在夏日的尾聲寥寥落落、沉沉安靜下來，秋天涼意竄起，那一季光燦如太陽的軟枝黃蟬盛景也倏忽消失。失去茂密花葉的莖枒似柔弱無骨，緊緊纏繞於陽台花架上，沒有了軟枝黃蟬花球的花架也好像熄滅了聚光燈的舞台，光滅聲寂。她無意中發現蟬蛻後在樹身的乳黃色透明蟬衣，在薄韌的殼紋裡依稀看到曾經頭足形貌的痕跡，卻不見實體的形蹤，想起對他言聽計從的自己，一味依附他、百般討好他，已經不是自己，甚至沒有自己，他愛的也不是真實的她，而是心中幻象的虛殼，她只是一個配合度高的演員，深怕NG搞砸了戲，只好以最安全的對白回應男主角的帶戲，回想起劇本裡的台詞，大皆是千篇一律的：「好。」「我也是！」以及「一切由你決定！」。

突然之間，她如同散戲後的演員，舞台燈光熄滅以後，終將走下舞台，為臺上矯柔做作的自己卸下濃厚的彩妝與裝扮。

她走出花架，回到擁擠喧鬧的人世裡，看著滿街的仕女穿著這一季流行、薄如蟬翼的紗裙，也在恍恍惚惚如蟬蛻般走出虛殼幻象，尋找自己失落的實體。

園丁語錄

軟枝黃蟬，原產於巴西、圭亞那，常綠蔓性灌木，夾竹桃科黃蟬屬，開金黃或橙黃的花朵，花苞形狀及顏色有如即將羽化的蟬蛹，枝枒如蔓，因而得名。

- 別　名：黃鶯
- 花　語：熱愛光明
- 花　期：初夏至秋末
- 花環境：適合戶外盆栽，常見於庭園或綠籬芭，藤蔓可長達5至6公尺，常用支柱或棚架使其攀爬。在春季時剪下一段10公分長的蔓莖，插在日光充足、排水良好的砂質土壤裡，保持潮濕，秋季即長成，待枝條上棚架後再修剪枝枒，每年早春整枝一次，愈修剪則愈多分枝，夏日時便可綠葉繁茂，繁花錦簇。

白千層

戀愛講義

淡乳色的細細花絲像一支支小瓶刷
在撲簌飛舞間
輕輕搔癢著年輕倉皇的心
一層層剝落的白千層樹皮
在古往今來的更迭中
寫滿了一張又一張的戀愛講義

Biodiversity Heritage Library

白千層淡乳色的花穗像一支支的小瓶刷，在炎熱夏季轉秋涼之際，她照例要刷刷洗洗一段愛情結束後留下的淚漬與塵埃。

已經記不清是第幾次戀愛了，她依慣例又輕輕撕下校園裡這棵白千層的一片樹皮留存，因為一次次深深淺淺的戀愛，也如同剝下她一層又一層的皮。

那一年，她與男友在校園白千層樹下談著她第一次的戀情，她依靠著白千層樹幹，男友的鬍渣在她臉上磨蹭著，如白千層撲簌飛舞的細細花絲，輕輕搔癢她年輕倉皇的心，她一時緊張，無意之間抓起一片軟軟柔柔的樹皮，一撕就是一大張。

她在這張樹皮上寫滿情話與情詩，送給她的戀人。

但是，兩人逐漸熟稔後，她卻開始發現他的愛情謊言而選擇分手，爾後的幾次戀情、幾個情人也總是在她剝離外表假象、洞悉本質以後，留下遺憾與殘缺。比如說：看似溫柔的男人卻只是優柔寡斷、有厚實肩膀依靠的猛男卻不懂體貼她的心、節儉的男人缺乏情趣、多情的男人處處留情，實則濫情……。於是，她的每一次愛情都從寫滿白千層樹皮密密麻麻的甜蜜情話開始，卻在體無完膚的傷痛中結束，只擁有一片片樹皮，記錄她斷簡殘篇的情事。

告別一次次戀愛的她身心俱疲，看著白千層枝幹上一個個的樹瘤，也如同她的愛情惡性腫瘤，在沒有徵兆中悄然蔓延，一發不可收拾，花費全身氣力去療傷止痛，卻總是不斷復發，成為她終生的病灶與隱憂。

逐漸地，她在一層層剝落的白千層樹皮上，寫了一張又一張的戀愛講義，紀錄形形色色偽裝或善變的男人，卻也永遠數不清白千層究竟穿了幾件外衣，只希望在一場場痛徹心肺的戀情後，有一天能夠看到男人層層外貌內，那一顆赤忱的心。

園丁語錄

白千層，常綠喬木，株高 12-20 公尺，原生於澳洲，樹皮由重重木栓質薄層組成，易於層層剝落，柔軟富彈性，常被剝取用來當紙寫字，或當橡皮擦之用。淡乳色的花穗像一支支小瓶刷，芽葉含有芳香精油，可蒸餾為香料。

- 別　名：脫皮樹，玉樹，相思仔、日本相思、白瓶刷子樹、剝皮樹、千層皮
- 花　語：永恆之美、純真的愛
- 花　期：夏季到秋季
- 花環境：常見庭園樹及行道樹。11-12 月時可採種子，於春季播種於砂床上，待苗高 10-20 公分後再移植定植。喜排水良好、有日照之處。小苗定植以支柱支撐，若是 2 公尺以上的大苗移植需帶土才好存活。冬季剪去側枝，可使枝葉更為繁茂。

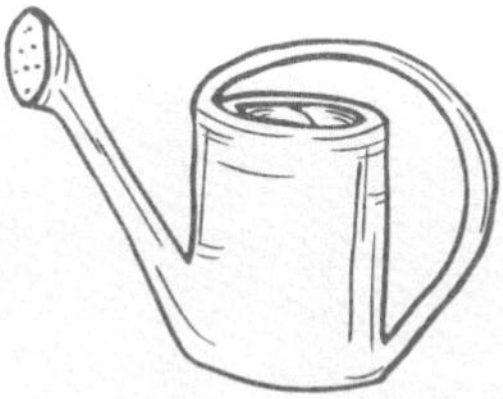

蓮花

愛蓮説

愛情的表情
如蓮花娉婷玉潔的絕色
美在心動的剎那
淡出在紅塵泥漚
短暫綻放
三日凋謝

她和朋友起了個大早，相約去賞蓮花，聽說最好在清晨前往，那時花開得最美，因為正午過後，絕美脫俗的花顏就漸漸收斂含藏了。

早起對年輕人來說是痛苦的事，但也因為這是趟慎重其事的旅程吧！一波波人潮認真地賞了這朵又換那朵，在蓮池旁來來回回，鍾情於各朵蓮花的姿色，不停地移情別戀，難以抉擇自己的最愛。

她一邊賞蓮，一邊想起過往的情愛，曾經的愛人也如同這賞花人潮，來了、走了，彷彿情愛逆旅暫時掛褡的遊子，在花季中趕集，喧嘩嘻笑、品頭論足、然後始亂終棄，為自己填寫一張洋洋灑灑的傲人愛情履歷。

他也正巧那天來賞蓮，環視一池嫵媚後，無意間抬起頭來，看到她在眾荷群芳裡的纖長身影，一身白衣綠裙，也如娉婷玉潔的蓮，再也捨不得移開目光了，她在剎那之間與他對望，看到不像眾人一樣游移的堅定眼神，白皙的臉龐遂如荷一樣，泛起粉嫩的微暈。因著這蓮花的機緣，他們認定彼此是人來人往裡的真命天子，也是疲憊尋愛後的最終歸依，遂走入結婚禮堂裡。

婚後的他們卻也難逃凡夫俗婦的宿命，昔日脫俗絕美的愛情也不敵人間煙火，柴米油鹽醬醋茶的瑣碎與磨蝕，如同蓮花盛世後，片片殘瓣落入泥漚裡，灰頭土臉。他認為結婚的男人給妻子的愛是衣食無虞的安穩，所以終日為這個家在外奔波掙錢，而她卻覺得早出晚歸的他不像以往一樣守護憐愛她，這疏離關係應該是他的變心，男人無辜辯解的說因為愛她，才這麼努力辛苦工作，只想給她更好的生活，她卻仍然有如被蓮蓬水澆灌一樣，冷冷的心，濕濕的眼，望著牆上蓮池背景的愛戀留影，想到曾經眼眸深處互相映照的彼此，心意無法持續相通的兩人終究成為泥沼裡的一對怨「藕」，她發現：愛情有如花顏的動人絕色，美在心動的剎那，但也如蓮花短暫綻放、三日即凋謝，所有盪氣迴腸的愛情隨花季謝幕而逝，逐漸淡出於紅塵俗世裡，而愛情被掏空的婚姻，更如同蓮花季節過後的蓮篷，在空虛裡悄悄結出一粒粒苦心的蓮子。

她走進廚房，看著早上在市場買回的蓮子，不知有什麼烹調法，就來熬煮蓮子湯吧！她把苦徹心肺的蓮心一一清除乾淨，用細火慢慢煨煮，待鍋裡的蓮子逐漸柔軟，加入冰糖調味，輕嘗一口，化開的蓮子和味蕾的甜意喚起記憶裡的蓮田回憶，如同蓮潭裡盪起一圈圈漣漪，不斷擴散。

因著這喚回的初心，這蓮子湯遂成為倦怠婚姻生活裡繼續前行的能量飲，她突然領悟：那在外辛苦打拼的先生，也是因為這情愛而撐起整天的工作力氣吧！短暫花季後，她的先生悄悄成了水澤裡厚實的蓮藕，而她卻成了等著去苦烹調的蓮子。

於是，她以蓮的記憶重新連結地底蓮藕與水上蓮篷的蓮子，要用一輩子的歲月，以家中溫暖的爐火，熬煮生活的甜湯，以愛情美麗甜蜜的溫存，煨煮婚姻的幸福日常。

園丁語錄

蓮花，原生於印度熱帶地區。多年生水生草本植物，長在淺水中，長長花莖與圓葉伸出水面，開重瓣大型白、紅或粉紅色的花朵。葉大而圓，葉背中央有長柄使葉挺出水面，地下根莖橫走泥中，長而有節，節間具管狀孔隙，即俗稱的蓮藕，可食用。花蕾在清晨開放，午後漸收斂，三天即散落，花托肥大，形狀像蜂巢，俗稱「蓮蓬」，內含種子為蓮子。

- 別　名：水芝、玉華、荷花
- 花　語：誇耀、遠離的愛
- 花　期：夏季
- 花環境：喜高溫多溼而日光充足的環境，宜富有機質的黏土或濕潤壤土栽植，需保持 20 公分水深，台灣南部自 2 月至 4 月中旬，中北部 3 月至 4 月下旬為栽種適期，取肥美根莖先端三節，斜插土中即可。

茉莉

三角習題

潔白小花如私情隱而不顯
流動的花香在空氣中攫住愛情感官
會心的人懂
不經心者隨意
獨留一抹長恆的幽香

1

她鍾愛花台上的那株茉莉，因為他說茉莉是他童年的回憶，而她但願是他青梅竹馬的戀人，更早相遇，也許就能擁有更多的相愛時光。

2

種下茉莉是無心的邂逅，那日在花市，突然被一陣熟悉的香味吸引，尋香而去，卻見一株圓潤的植物，潔白小花在圓弧葉片間悄然覷著她，知道是茉莉後，彷彿見了久未謀面的知己，從小吟唱的茉莉歌謠，心愛的茉莉香片，竟是如此活生生的！於是便將這株茉莉帶回家去，將這完整的形色收納於心版上。

3

偶遇他在她已婚後，一開口就敲開她的心門了，彷彿早已熟識億萬年，和他說話也像和自己對話，種種無法言喻的微妙情愫，都在彼此流暢的回應裡，有了妥貼的接觸，她心裡從來沒有對人說，也無人知曉的心情，一一從他口中道出，彷彿擁有唐努烏梁海藝人的特有絕技，一口兼具主音與合音的雙聲歌唱，主音表達人盡皆解的日常曲調，合聲是無人能懂其竅的共振。譬如他說童年唯一的印象就是一片茉莉花海與花香，至今仍在夢裡溫存，她才知道彼此在渾沌之初早已熟識，在歲月中尋尋覓覓，如今終於相遇，雖然一見鍾情，卻相見恨晚，彼此已經各有歸宿，像隔街默默深情遙望而無緣相擁的花與樹。

4

從花市買回的茉莉在花台悄然試探天光的熱度，迎向適意的方向，發現適性契合的自然氛圍後，突然像著魔般不斷滋長繁茂的枝葉，沒有牽強的理由。

5

那晚，她夢見和他在一處廣場上，幽揚樂聲中，廣場中心硬實似不可攻破的水泥地上，突然噴出無數水柱，起起落落，不可預知，隨節奏優雅旋舞，他們怕濺得一身濕，急忙盤算避開的機率，好閃躲突噴的水柱，卻始終躲不過這美麗的洗禮。

他卻同時夢見兩人穿過漫天風沙、嶙峋石壁，來到黃石公園定時噴出水柱的老鐘石前，彷彿幾世紀之久，似已入定的老鐘石開始噴出泉水來，起初在老窟裡猶豫未決，汩汩如沸湯後，終於噴出一股高昂水柱，完成最美的演出。

這是陷阱還是仙境？劫數難逃！

6

那日滂沱雨後，她發現挺翠繁茂的茉莉枝葉下，有兩根枝枒暗中勾搭，順著黝暗一隅悄然蔓延，似向無窮遠處行去，她埋怨不見天日的兩株枝枒何苦要向暗處求生去？那種遺世獨立的辛苦堅持，卻只有兩株枝枒彼此懂得。

7

她心中有了他後，面對丈夫時，彷彿有無數的手指著她的眼、耳、鼻、舌、身、意，迴旋吶喊著：「背叛！」她腦中閃過無數的問號，問自己究竟愛誰？丈夫和他在她心中沒有交集或衝突，她並沒有將丈夫刻意排除而接納他！丈夫婚後仍像攻佔城堡後不變節的忠臣，對她的愛毫不褪色，將兩人的家築成穩固的堡壘，是守護她在現實生活中理性篤定的力量，是她生活的另一半，兩人的眼神向著共同的遠方凝視；而她心中恆存一處祕密角落，奔馳生活之外的想望與投射，丈夫無法攻破，而他卻冒失地闖進來。和他雙目對視時，那種只有他才懂的靈犀，像是一道流星劃過天際，剎那一道天光，可遇不可求，沒有未來，沒有家，卻是生命的另一半，她珍惜這種相知的福份，卻沒有想到這更是男歡女愛的觸媒，兩人的愛落在現實時空之外，不能與人說，只能暗中珍藏。

8

她將那兩枝茉莉枝枒悄然藏回原處，卻每日懸念這險僻奇苦的生存方式，無奈看著它們走上遙遠無期的不歸路。

他們的愛在現實裡礙著禮數，在生活夾縫中生存，儘管心中波濤洶湧，卻在人群面前裝作若無其事，可是世俗外衣內，他們看透彼此裸露的全部，包括心情及愛慾，將外在世界隔絕後，情感會突然平方又平方，心跳加速又加速，像陷在沼澤裡，彼此拉拔、卻又無奈於現實處境的不斷陷溺。

9

茉莉在燥熱的季節裡終於有喜，枝枒頂端結了三朵堅實的花苞，在同一枝枒棲身，一起餐風露宿，她的心裡突然有了三人同行的浪漫聯想，一點貪心，幾分甜蜜。

10

她心裡的那個角落更豐美了！他的存在琢磨她內在一向隱匿不彰的玉質，可以神采翼翼，美麗有了意義，感受愛情不食人間煙火的一面；而和丈夫的生活卻在堅硬現實中鑽出一條飲食男女的活路，自在適意，可以粗食布衣尋常過，丈夫連睡夢中都牽著她的手，臉龐滿足又篤定，那是同一屋簷下憂患與共、風雨同舟共濟的相持，更如手足血緣至親的溫情，她常常想著三人的世界，荒謬卻又完整契合，現實裡卻又不容許同時存在。

11

那日清晨，一朵茉莉悄然開花，瓣瓣密切相扣，她被公然流動的花香挑逗得心慌意亂，丈夫卻完全沒有留意到那股浮動的暗香，會心的人懂，不經心者隨意。

12

他們在意相見恨晚，懊惱似乎為自己量身訂做的服裝卻被人優先買去，卻在思量好物總會早些遇到識貨人的遺憾與體諒中釋懷，出去吃到美食，也會想為對方的家人帶上一份。心裡藏著一個人很辛苦，尤其那個人又帶著一家人，沒有理直氣壯霸佔地盤的份！

13

茉莉陸續開花後，突然有了無聲的爭執，枝枒上的三個花苞總是一次一朵或兩朵並開，當第三朵興高采烈想加入時，先前的花朵就悄然凋萎，對於第三者的介入總也不妥協，彷彿守節於花開並蒂的圓滿福喜，也許是情愛爭執的筋疲力竭，或許是三角關係的決裂殉情，茉莉花開花謝在朝夕之間，花之凋零有種悲壯的堅持。

14

她突然發現，生離比死別痛苦，死別保存過往的永恆甜蜜，而生離竟要惦念時空變數的煎熬，要和歲月預約再次相見的極少可能，要和空間叮嚀保存愛情的鮮度，她才知道為什麼苦？苦在不認命！

15

她將茉莉花趁鮮摘下，想保存青春姣好的花顏，茉莉花瓣在淌著淚意的水盤中盤旋，卻立刻泛出紅絲，隨即烏紫萎褐，總也不耐久。

她將花屍曬乾如千年木乃伊，在愛情色香味的現實三角難題中，獨留一抹長恆的幽香，留待她沖泡一盅茉莉香片，將情事隨花香逐一溫熱，在裊裊輕煙裡攫住她的感官，然後不露痕跡地細細品嘗形色以外的清苦與甘香。

園丁語錄

Gardener's Notebook

茉莉，原生於印度、阿拉伯，多年生常綠灌木，葉卵圓形，開白色小花，以濃郁馨香著稱，常用來製作茗茶香料。

- 別　名：木梨花、鬘華、三白
- 花　語：親切、忠貞、清純
- 花　期：6 月至 10 月
- 花環境：常見於公園或栽植成籬笆、庭木，以插枝法或分株法繁殖，喜溫暖，不耐寒，適合排水性佳的濕潤砂質土壤，盆栽宜多澆水。

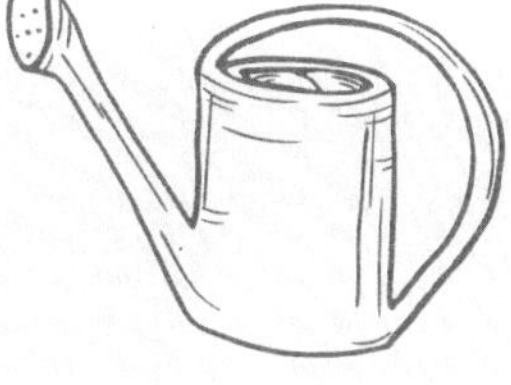

口紅花

唇印

如口紅的筒狀花自紫黑色花萼中冒出
垂掛在枝條末端
危顫顫的一寸險、一寸驚
彷彿嘟著鮮豔欲滴的嘴
渴望愛人的親吻
尋找情慾的寂寞出口

Biodiversity Heritage Library

夜深了，回到家的她悄悄關上大門，輕盈轉個身，鏡子裡的她一臉亮麗彩妝，鮮豔的唇彩充滿挑逗的誘惑，絲毫看不出剛才熱吻的迷亂痕跡。

她開了客廳的燈，一眼望見角落的口紅花，如口紅般鮮豔的筒狀花自紫黑色花萼中冒出，垂掛在枝條末端，危顫顫的，一寸險、一寸驚。

根據報導記載，許多女人買的第一樣化妝品就是口紅。那年，她因為與先生初戀，開始學著打扮自己，平常素顏的她買了生平第一支口紅，他回應她意亂情迷的初吻。

多年過去，遠離青澀甜蜜的戀愛時光，老夫老妻，日子得過且過，已失去了激情，她常常看著那盆口紅花發呆，那肥厚的葉片自能儲存水份自供自養，不用她費心照顧，起初看到點點紫黑色的花萼，總以為是凋萎花痕，百般無聊地一一摘光，直到無意中發現從萼筒中一點一點綻放鮮紅的花姿，才發現她不是遲暮的美人，而是等愛的花顏，如同她依然火辣的心。

婚後的她也總是像那盆口紅花一樣，嘟著紅唇，渴望著丈夫的親吻，丈夫卻總是視而不見。

那一天，一個男人因為家裡裝修而出現在她的生活裡，她看著領班的他從容調度每個工班，運籌帷幄，和工匠一樣大嚼檳榔，嚼出的鮮紅汁液將她單調失血的日子擠染成有血有肉的人生。因為被愛的渴望，她刻意挑逗，勾引他以那厚實狂野的紅唇吻她，那檳榔的辛辣與紅唇的色度一觸即發，點燃她灼熱激渴的喉舌，如烈火燒山般一路長紅。

她的妝台上開始有了一支支新式的口紅，暗中輻射她神祕的吸引力，當刻意的美麗笑容在中年女性的額上、眼角呈現難以掩飾的皺紋疲態，那口紅卻具備超現實的神祕魔力，活化黯淡的臉部光澤，掩飾自己成婚十多年的遲暮事實，唇彩渲染的熱切唇語喧嘩著沉默的愛情呼喚，與他在人前人後親熱密談。

她更精心為他調製了口紅大餐，各種奶茶、葡萄、紅酒、莓果等食物色系的口紅，那嘟唇彷彿掐得出甜蜜的汁液，好讓他恣意享受口慾的快感，當他如餓虎撲羊般，以他沾染檳榔汁的紅唇吸吮她的唇，證明她是成功的，她的日子突然回春，在口紅裡舔著微澀微苦微甘微辣的雜陳況味。

她也總是小心翼翼，怕自己的婚外情曝光，無痕唇膏是她新發現的祕密武器，持久不沾染，不在杯緣、衣領留下非法出境的破綻，讓他和自己都沒有後顧之憂，恣意享受愛慾的歡娛，並為自己的苦心擘畫感到自豪，一支口紅讓她在丈夫應酬場合不脫妝、不失態，儼然是高雅的貴婦，而在情夫的懷裡，她也是個盡職的情婦，儘管繾綣熱戀，也不讓他的髮妻在他的衣領發現蕩婦唇印，她自以為作了最安全的雙贏措施。

今晚，她如例常幽會後回家，看了那突然迸開花苞的口紅花，彷彿也已找到情慾的出口。換下端莊的襯衫、窄唇等妝束，披上睡袍，在梳妝台前卸妝，重新戴上家庭主婦的素樸面具，卻在鏡中驚訝看到，身後的丈夫瞪大眼睛，看著她換下襯衫的衣領上，幾個粗獷、厚重的檳榔紅唇印。

園丁語錄

Gardener's Notebook

口紅花，原產於南亞一帶，多年生常綠藤本植物，枝條具匍匐性或懸垂性，可下垂長達 1 米左右，如口紅般鮮豔的筒狀花自紫黑色花萼中冒出，垂掛枝條先端，正是其名字的由來，亦是很好的觀葉植物。

- 別　名：毛子草、、胭脂花、口紅吊蘭
- 花　語：花美一時，你美一世。
- 花　期：11 月到 6 月
- 花環境：性喜溫暖而明亮光照的半陰環境，枝葉為肥厚肉質，頗耐旱，但宜經常保持濕潤狀態，切忌盆內積水而爛根。截取 10 至 15 公分的枝條插枝就能繁殖，可以採吊盆或半壁盆方式種植，任其自然懸垂。

松葉牡丹

愛情幻想曲

飽吸陽光的能量
吐哺濃郁的燦爛花海
繁衍一片豐饒的愛情想像
一切的幻麗美麗短暫
瞬間被黑夜吞噬

結婚後，她的生活隨天體運轉，日昇日落，春暖冬寒，以青春換來她與先生、後來加入小孩的家。

清晨即起床，在睡眠不足的昏沉裡，忙亂伺候孩子、先生早餐、一陣兵荒馬亂以後，上學上班的都出門了，她開始日復一日的慣性流程：將雜物一一歸位，洗衣機、吸塵器接著嗡嗡作響，過著單調也無新意的生活，為了解悶，她也在陽台的花台上種種花草，但不懂植物習性，也沒放太多心思，種了後也沒能存活，長久下來，還是一片蕭索。

這個月以來，她發現對面住家的花台不一樣了，漸成一片絢爛的花海，妝點了灰黯的屋牆。聽說那間屋子搬來了新住戶，她想：是怎樣蕙質蘭心的女主人有這樣的巧手及美麗的心情？

翕熱的夏日早晨，她終於遇見花海的主人，竟出乎意料之外，是個男人。她訝異地在陽台偷窺他，男人抬起頭來，見到她，露出一臉陽光的笑容，並開始與她搭訕。原來這男子是家庭主夫，太太事業有成，是知名公司的領導階層，而他生性淡泊，喜歡悠閒過活，於是與太太角色互換，他在家裡擦擦洗洗，享受他的自在閒適，也讓太太無後顧之憂，掙出她的一片天。

因著每日花台相會，兩人漸漸熟稔，男人邀她前來串門子，因為好奇心使然，她來到男人的家。同樣的建商，同一個社區，與她的家相同的隔局，卻在男人精心布置之下，令人悠然神往。挑高地板的餐廳與各處如畫龍點睛般擺置的花架，男人釘的；牆上的畫，男人畫的；滿屋子奶香的手作餅乾，男人烤的；香醇的咖啡，男人手沖的，屋裡播放著香頌音樂，窗外一片繁花錦簇，如恬適的庭園咖啡屋。

這不像她操持的，只有柴米油鹽醬醋茶的家，這個家還有琴棋書畫詩酒花，聽著男人滔滔不絕如數家珍聊著一點一滴打造這溫馨住家的心血，她竟然感動地熱淚盈眶，他還說其實男人當家管比女人更稱職，比如搬運家具重物、換燈泡、水龍頭等各種水電修繕等等，接著男人帶她來到平日對望的陽台花園，近距離欣賞那一片恣意在陽光下燦爛盛開的花顏，男人說這是「太陽花」，本名「松葉牡丹」，不怕烈陽曝曬，在陽光熾熱的時候開得最美，午後即漸漸閉合。他白天一個人在家，這花朵正可以陪伴他。她置身這庭院花園裡，喝著香醇咖啡，品嘗美味的手作餅乾，想起自己空蕩家裡的孤寂日常，一向拘謹的自己竟然深深感動，與這個宿昧平生、非親非故的男人立即熟稔暢談，泯除孤男寡女獨處的尷尬，卻又立即自我註解：都一樣是家庭「住持」，這麼多瑣瑣細細的繁雜家務，當然聊也聊不完啊！看他也聊得盡興，她想起在職場操勞打拼的先生，晚上回家以後總是累得癱在沙發上打盹，沒有什麼時間與話題可聊，而她也已經許久沒說這麼多話了。

男人看她對這陽台花園很感興趣，遂問她要不要也栽種松葉牡丹？她看到這一片繁花盛景，歡喜應允，男人隨即給她一捧剪下來的花芽，說是插枝即能存活。

這花芽在她的陽台快速繁衍，立即開枝散葉，吸飽陽光的能量，吐哺出一片繽紛燦爛，與對面陽台的花海相映成趣，也好像他們無言的默契。有種莫名的愉悅在孳生，兩邊的花台也一片淺緋、醉紅，從初探的竊喜，漸漸如熱戀的酣醉。

因著這花海，她的心情也如花開一樣熱鬧繁華，和那個對面屋子的男人切磋起各種生活情趣，向來枯寂的家裡也開始流淌著悠揚的音樂，烤蛋糕的香味也與對面屋子的咖啡香交纏勾搭，一縷甜意在暗中應答。他是像太陽的暖男，照耀著花台上的她，晾曬婚後發霉的心情，繁衍一片豐饒的美麗，她開始打扮自己，期待著每個花開的日子，是對面的男人開啟她塵封生鏽的靈魂。

她看著這片太陽花海，開始目眩神迷，某些不明成份的副作用在發酵，某種恍惚的愉悅漫漶成若有似無的幸福假象，在豔陽反射繁複異彩的花海裡心旌動搖，她彷彿跟那個對面的男人一起共築想像與現實交融的愛巢，她的屋子漸漸浪漫美麗，而先生和她依舊如往昔，在「男主外、女主內」的既定軌道運行，彷彿她也只是家裡瑣碎細軟的一部分，對她精心布置的家視而不見，但是因為他，她活成美麗的太陽花，也不禁迷惘於何處是她安身立命的家？是先生在的家，還是與對面那個男人共築的家？她幻想著她與他，兩花台松葉牡丹匍匐橫生的枝幹交纏糾葛，彷彿是她內心的回應。

然而，白天的松葉牡丹再怎麼美，卻也短暫開合於日出日落之間，一切白天的幻麗也終將被黑夜吞噬，日落後，男子家裡溫煦的燈影和陣陣笑聲幻滅了她的想望，她糾著一顆惶惶的心，知道她微妙滋長的情愫也只是白日夢的幻影，在夜晚沒有存在的權利，那個男人不屬於她，如同普照的陽光，也不專情於松葉牡丹。

她從日開夜閉的虛幻愛情裡走出來，日落後隱身的太陽回歸既定的軌道，明天太陽升起時，她一樣有著盛開的松葉牡丹，但她心裡明白：這家裡花台的繽紛花顏，只為自己而美麗。

園丁語錄

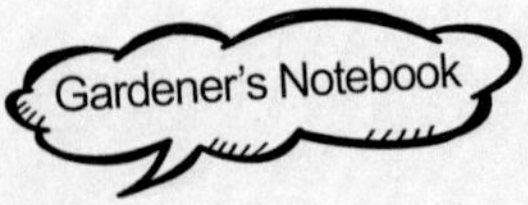

松葉牡丹，原生於南美洲，一年生半耐旱草本植物，在一天光線最強、溫度最高的中午盛開，午後即閉合，花色有深紅、玫瑰粉紅、玫瑰紫、黃色及白色等諸多色彩。

- 別　名：太陽花、大花馬齒莧、午時花、洋馬齒莧、龍鬚牡丹、半日花
- 花　語：可愛、天真
- 花　期：夏季至中秋
- 花環境：4、5 月播種，保持濕潤，種子即可順利發芽，也可取生長中的枝條，插於陽光充足、排水良好的砂質土壤，喜歡日照與高溫，極易存活。

大花咸豐草

倒帶灰姑娘

回到迷離恍惚的前朝歲月
歌台舞榭
嘉會盛典
一陣兵荒馬亂
巍城失守
改朝換代
穿著白衣的花魂
四處尋找碎裂的花瓣身軀

她常常回憶起與他初戀的日子，那時，當她要對他說些什麼，他總是以含情脈脈的眼神對她說：「你不用說，我懂。」然而婚後，即使她講得口沫橫飛，他也還是不懂，激烈的爭吵如火山噴濺的岩漿，將她的心逐漸燒成灰燼。

六歲的小女兒常常要她講故事，總是挑呀挑的，就愛聽灰姑娘的故事，她總是不厭其煩的一頁頁翻著講，故事理所當然地結束在王子與仙蒂瑞拉結婚後，過著幸福快樂的生活。女兒帶著甜甜粉嫩的笑容在夢裡尋找她的南瓜馬車和王子，而她卻開始從書的結尾為自己倒著讀回去，從穿著玻璃鞋的公主逐漸成為衣衫襤褸，拿著掃把的灰姑娘，她知道這才是自己的故事。

先生婚後常常癱在椅子裡，如豬肉攤子上一坨肥滋滋的五花肉，她看著發福的他，想起當初與風度翩翩的他訂立愛情盟約，他寵她如公主，生活繞著她運轉，所有公主有的，她一樣也不缺，兩人相約生生世世的愛戀，如今十年歲月緩緩輾過，她卻埋怨：為何這一輩子竟然就這麼久？

有一天，屋外牆角磚縫裡突然長出一叢野花來，在茂盛的枝葉中仰起花顏，白色的花瓣，黃色的花心，她感到莫名的熟悉，想起婚前先生最喜歡送她的瑪格麗特，他說就愛她如瑪格麗特清新高雅的氣質，暱稱她為「瑪格麗特公主」，而這群看似瑪格麗特的孿生姐妹，卻好像經歷古今生滅、千百劫難，粗線條的莖葉還帶著倒勾刺，像是寄人籬下的落難公主，在生活裡披荊斬棘，有著時不我與的落魄。

她看著這群落難公主日復一日繁衍，在人車沸騰的街道灰頭土臉，有時被車輪擰折了腰桿，斲傷成殘廢，碎裂成花屍，卻總能殺出重圍，不多日後，白色小花在葉叢中還是鑽出頭來，張來望去，她轉而看著鏡中自己的枯槁面容，油然生起淒然的酸楚。

她想為這群花驗明正身，翻開花譜，一一尋去，這野莽氣息的花叫作咸豐草？咸豐？是清朝的年號吧！她彷彿像這白花的遊魂，回到迷離恍惚的前朝歲月，花憶前身，腦海中彷彿還存著華麗的歌台舞榭，嘉會盛典，突然一陣兵荒馬亂，巍城失守，改朝換代，公主被倒勾刺的獨門暗器所傷，落難成俘虜，只能在斷垣殘壁的荒廢領土上，懷想那一季的痴紅醉紫，如今只能淒然望向天邊一掐殘缺的弦月。

她也不記得日子是怎麼過來的，那個婚前寵她如公主的男人，如今卻儼然成為已攻城略地後的贏家，煙雨濛濛的夢境早就已經被油煙汗水齊飛的廚房取代了，她不禁忘情採摘一些咸豐草，紀念她的姣媚華年，卻中了咸豐草的獨門暗器，鬼針棲身在髮上、衣襟、腰身、褲管上，她一個一個拔著這滿身鉤刺直到天黑，卻怎麼也拔不盡，她才知道自己早就中了愛情的暗器，昏亂迷惑，一輩子找不到解藥。

園丁語錄

Gardener's Notebook

大花咸豐草，原生於美洲，菊科鬼針屬，一或兩年生草本植物，葉緣呈粗鋸齒狀，白色花瓣、黃色花心，在台灣四季開花，早期蜂農為了增加蜂蜜的產量，引進大花咸豐草來當作蜜源植物。結出黑褐色瘦果，上端有具逆刺的萼片，可附著於人畜身上而傳播至遠處，海拔 2500 公尺以下的山區、原野、路旁皆可見到它的蹤影。

- 別　名：大白花鬼針、婆婆針、錦州草、赤查某、南方草、刺針草、肝炎草
- 花　語：惜別、離別之痛
- 花　期：四季
- 花環境：四季皆生長，適合生長於濕潤暖和的氣候以及鬆散肥沃的混合土壤，以種子種殖，或以鬼針（具倒勾刺的萼片）附著於人畜身上繁衍，8 月至 10 月結果實，春季萌發生長。

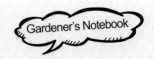

羊蹄甲

第三者

粉紫色的花海悄悄染豔了街道
不屬於任何人獨享的行道樹
一樹可遇不可求的紫色悸動
如愛情的癡情者
在紫花、淚海的迷濛氤氳中
望不到未來

初秋時節，羊蹄甲粉紫色的花海悄悄染豔了街道，她習慣來到路旁的羊蹄甲樹下聽小鳥呢喃，如同與愛人的密切私語，看著羊蹄甲以一副不被豢養的獨立風骨，睥睨來來往往不相干的匆促過客，展現絕然的美麗。

這棵開花的紫樹不是她的，如同他也不屬於她，她默默撿拾著一地的紫色花瓣，如同撿拾不屬於她的愛情。

她如同羊蹄甲花一樣嬌豔，許多男人如同蜜蜂蝴蝶在她週邊亂舞，想要一親芳澤，而她卻只迷戀他，忽略了愛上中年男子的危機。當他緊緊擁抱她，陸陸續續說出有妻有子的事實，卻又說他的婚姻如同遍地凋落的羊蹄甲花瓣，雖然美豔，曾經光彩，卻已然凋零，無可挽回，又說一個財富地位妻兒都有的中年男子的最愛就是擁有一個紅粉知己，可以聽他說心事、訴苦悶，而全世界只有她最瞭解他。

她抬頭看樹梢上燦爛笑開的花朵，漫天飛舞如紫雨的羊蹄甲花瓣伴隨他的輕拂與挑逗，映襯她因愛情暈染的酡紅容顏，享受被愛的幸福。

更多沒有他陪伴的日子裡，她也喜歡來到羊蹄甲樹下，編織她的紫色夢境，看著綻放的花朵在幾乎沒有葉片的依附下，在枝幹如走鋼絲般鋌而走險，尤其是傍晚時分，她的情緒在花海中逐漸低落，想著他此時已回到家，享受與妻兒的天倫之樂，而她卻在花雨、淚海的迷濛氤氳中，望不到自己的未來。

那天，他的老婆找上她，面對另一個女人無情的指責，她只是輕輕地說：「是你們的愛情不牢靠，又怎能怪我這個第三者介入？」她的太太頓然無言，只是哭泣，以哀求的眼光看著她，而她望著窗外雙心對峙的羊蹄甲葉片苦苦地與滿樹紫花爭求依附權，竟然驚訝自己的無情與堅決。

她知道這樣的自己絕非偶然，與他在一起後，全世界的指責都向著她，說她是掠奪者，彷彿羊蹄甲枝幹嚴苛森冷，如荊條狠狠鞭笞她，使她受傷淌血。可是她一再問自己，她奪了什麼呢？當全世界的外遇事件都保護所謂受傷害的妻子，以鄙夷的眼光瞪視第三者，面對他兩個都要的告白，她的太太擁有他的財富和名份，而她甘願是第三者，在他的生活夾縫中殘存，讓他與妻子有個完整的家，她有的只有他飄忽的身影與不屬於她的羊蹄甲，只是那一樹可遇不可求的紫色悸動。

花季終了，她接到他的簡訊，他說：「為了我的小孩與妳的未來，我們還是分手吧！」他不會來了，此時的他應該已經回到滿屋子妻兒笑聲的家，她看到屋外之前還開得一樹燦爛的羊蹄甲，在一夜之間落了滿地的紫色碎片，只剩下光禿的枝幹，垂掛著一條條豆莢家族，緊緊裹住裡頭的粒粒種子，連一絲春色都留不住。

園丁語錄

Gardener's Notebook

羊蹄甲，原生於印度及中國，落葉喬木，葉片鈍而圓，酷似羊蹄，開粉紫色花朵，花開後結莢果，種子垂掛如一條條豆莢形狀。

- 別　名：馬蹄豆，洋紫荊（廣州）、紅花紫荊、彎葉樹、南洋櫻花。
- 花　語：親情、家庭和睦
- 花　期：春天（3 月前後）
- 花環境：為台灣南部常見的庭園樹及行道樹，2 到 3 月或 7 到 8 月以插枝或播種繁殖，苗高 2 尺再定植於砂質土，生長緩慢，栽植 2-3 年後始可開花，性喜溫暖，排水良好、日照充足之處皆能生長良好。

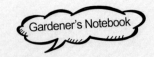

銀杏

來世情緣

檸檬黃的扇形葉片
染遍深秋的蕭瑟基調
銀杏樹下追憶前世
愛情的遺憾
如滿樹金黃燦爛卻遲暮的秋季

秋意悄悄躡足在她緩慢步履的身後，她一如往常，來到公園銀杏樹下，扇形葉片將炎夏的熱燄都搧涼了。

她坐在樹下，望著秋陽照耀下的滿樹金黃光影，與她向來熟悉的島國長青綠意迥然不同，這異質生活色調也披掛在來回走過身邊的金髮碧眼洋妞身上，使她內外都覺得生疏，她不該對自己七十多年的身子感到生疏的，可是那梨型體態與滿頭銀白色的疏髮背叛了她的意志，在秋日裡更顯得孤絕蒼茫。

她總是以老花眼打量著眼前來回的曼妙身影，喚起模糊的記憶，回憶起那年銀杏樹下的場景。娉婷的她穿著橙黃的長裙，在異國的公園散步，撿拾地上的銀杏葉片，好夾在書頁裡珍藏。突然間，她的手與一隻厚實的大手同時落在一片銀杏葉上，她驚訝的抬起頭來，與他的眼神相撞，冥冥之中彷彿有一種熟悉的況味。

那時，他已有妻兒，哀樂中年，而她卻值青春年華，剛剛成為別人的新娘。如同那棵四季樹葉顏色變化的銀杏，她身在橄欖綠意蔚然成蔭的夏季，而他卻已來到葉已轉黃的人生之秋，雖然兩人有二十多年歲月的差距，但卻有著不約而同說著相同言語的默契、似曾相識的熟稔，彷彿是前世留存的記憶。他們深深愛戀著彼此，疼惜著在不對時間相遇的彼此，在現實裡卻只能在銀杏樹下依戀著滿樹的金黃燦爛，並惋惜著已遲暮的秋季。

有一天，她看到報導，說銀杏是地質時代的遺物，二億年前即存在。她想：歷經歲月更迭、滄海桑田的樹，冷眼旁觀生生世世的戀人在生命長短中尋尋覓覓、生死離合，那是不是也見過前世的他們呢？

未經世事的她因為愛情的憧憬，適時握到一雙扶持的手或誤撞於一雙凝視的眼眸，就以為愛情來了，但遇到他之後才領悟：原先認定的真命天子在現實生活中未能打開她的心門，走進她的內心世界，那把門的鑰匙在人海茫茫裡的另一個人身上，或者終身無法遇見，若天可憐見，在因緣際會裡相遇了，卻白髮紅顏，如同那對稱卻又葉緣分裂的銀杏葉片，只能淒然於愛情的缺憾。

偶然之間，她聽聞銀杏只能孕育種子卻無法結果，也必須雌雄樹種在一起，兩樹相望，才能長出種子來，若雌雄樹未能如願相伴相守，好事的人們就在雌樹樹身鑽孔，放入一塊雄木，泥封起來，也可以得子。他們不能相依、未能結果的愛情也彷彿銀杏啊！只待她把這份愛封存在心中，結下這輩子情緣的種子，留存情愛的記憶，在黃昏暮色裡提供一縷溫暖的慰藉，若有來生，再續前緣。

在銀杏樹下歷經多年寒暑，她已垂垂老矣，而早就走完一生的他，是否依然在來世等待？下輩子是不是還得苦苦相尋？會不會無緣相見？或又是相見恨晚？入冬的銀杏葉一片片飄落，漸漸只剩枯枝，她顫抖的手費力拾取一片銀杏葉片，看著葉片的形狀，竟覺得就像年代久遠而泛黃的書頁，寫著穿越千年的愛戀。寒風颼颼穿過樹蓬與耳際，突然，她發現前方一個撿拾銀杏葉的小男孩，熟悉的動作勾起她的前塵往事，她緊緊捏著手中的葉片，看著老態龍鍾的自己，頓時之間彷彿被定格在這書頁的章節裡，想翻頁卻無能為力了。

園丁語錄

銀杏，原生於中國，現廣泛種植於全世界，約二億年前就出現在地球上，屬裸子植物銀杏門唯一現存的物種，和它同門的其他物種都已滅絶，因此被稱為植物界的「活化石」，也是裸子植物唯一的落葉喬木。

長柄扇形葉片大皆二分裂或多裂形態，秋冬時節逐漸由綠色變成金黃色，雌雄異株，花形也不同，主要呈下垂狀生長，花瓣為長橢圓形，花色為黃色居多。《本草綱目》記載：「須雌雄同種，其樹相望，乃結實。」若僅有雌樹，「鑿一孔，內雄木一塊，泥之，亦結」。

3月下旬至4月上旬是發芽和萌葉期，4月上、中旬開花，9月下旬至10月上旬種子會成熟，11月落葉。尚未演化出被子植物的果實，但長出種子的種皮仍看起來與果實相似，包在橙黃色種皮裡的種子稱為白果，故也有「白果樹」之名。秋冬時節氣溫轉冷時進入休眠期並且落葉。生長緩慢，壽命極長，自然條件下從栽種到結銀杏果需20多年，40年後才能大量結果，因此別名「公孫樹」，有「公種而孫得食」的含義。

- 別　名：公孫樹、白果樹
- 花　語：堅韌與沉著、純情、永恆的愛
- 花　期：4月至5月
- 花環境：喜歡冷涼的環境，年平均溫度在攝氏8至20℃範圍內較適合銀杏生長。有種子和小芽扦插兩種繁殖方式，種子成熟採收後播種，在溫暖的條件下發芽，若以扦插法，春季3月中下旬進行，需要保持潮濕遮蔭，避免陽光直射。

聖誕紅

愛情來了

光燦如烈焰的紅豔苞葉
如同火熱的愛情
是生命的燦爛印記
是讓一灘死水沸騰的熱度
朵朵小花隱身在苞葉之間
款款訴說著幸福的真相

聖誕節即將來臨，行道樹上掛滿閃爍七彩燈光的小燈飾，如夢似幻，商店前一盆盆豔麗的聖誕紅喧騰著節慶的喜氣，櫥窗裡擺放著緞帶鈴鐺以及各式精美的禮物包裝，車站、廣場上也四處看見光燦的聖誕樹，流麗的城市裡金銀交錯、鬧紅曩綠。

她和他穿梭在來來往往的人潮裡，踩著耳邊傳來聖誕旋律的節拍，步履輕盈，腦海裡浮現小時候老家街角那間有著高高圍牆的西式教堂，以極不協調的典雅之姿，矗立在簡陋的矮屋群中，與這社區格格不入，但是每年十二月初，當豔麗的聖誕紅從圍牆內探出頭來，向路人招手，接著教堂屋簷點亮了五彩燈光，在冬夜裡閃爍著，孩子們開始引頸期盼，等到平安夜的歌聲與琴聲響起的那一天，教堂大門敞開，歡迎大人小孩前來歡度聖誕，領著那年代少見的糕餅點心開心回家，消弭圍牆內外的隔閡，一切就從聖誕紅的出現開啟這歡樂的序幕。

但她更早就見過聖誕紅了，那是在書店架子的聖誕卡片上看見的，畫面上鮮豔的聖誕紅或是搭著典雅燭台上的溫暖燭光，或是鋼琴與樂譜，還有小天使在聖誕樹下唱著悠揚的聖歌。在那個純樸而生活色澤黯淡的年代，父母忙著家計，為柴米油鹽醬醋茶傷神愁苦，卡片上喧騰的歡樂是小女孩的幸福夢幻，但是當聖誕紅在真實生活裡出現，教堂窗台上的緞帶鈴噹叮叮噹噹響起，小女孩走入教堂，也走進卡片復刻的天地裡，頓時美夢成真。教堂內高大的聖誕樹梢懸著宛如從天上摘下的星星，樹身掛滿鮮豔奪目的綵帶、小蘋果、拐杖糖、彩襪、細雪，小雪屋、天使娃娃等等裝飾，樹下還堆滿包裝精巧的禮物，這在日常裡沒有的歡騰景象，對小女孩來說，就是幸福的樣子，那帶回家的聖誕禮物，雖然只是一塊紅紙包著的糕點，或是一個聖誕鈴鐺，但嘴裡嘗的甜蜜或是耳裡聽到清脆鈴聲都不斷提醒著她，卡片裡看似遙不可及的幸福並不虛幻，於是，她將這想望如同寄聖誕卡一樣，寄給長大後的自己，預約未來的幸福。

因為童年聖誕節的幸福印象，長大後的她也認定所謂的幸福應該存在於如火樹銀花的光燦裡，如同她的愛情要有燭光晚餐、甜點巧克力的浪漫，還有三不五時的鮮花驚喜，與聖誕節慶一樣，是生命的燦爛印記，是讓如一灘死水的日常沸騰的熱度。

聖誕節來臨，她買了薑餅屋，花了好幾天的時間準備火雞大餐，佈置聖誕樹，還挽著情人的手，吵著要他陪她買一盆如烈焰般歡騰的聖誕紅，見證她美夢成真的幸福。

於是，他們穿梭在喧鬧擁擠的人潮裡，終於買到她的聖誕紅，裹著金銀彩紙的盆栽，光燦耀眼，但也因為這繁複的包裝，怎麼拿都累贅不順手，她一心護著聖誕紅，一邊奮力地從人群中脫身，忘了身邊他的存在，竟與人潮裡的他走散了，費了一番功夫，兩人才好不容易回到家，她看到他眼裡的疲累與倦怠。

聖誕節過後，他離開她，說是看清她要的是愛情而不是他，他只是替她搭建愛情浮華閣樓的工匠，不是和她一起生活的伴侶，她孤獨置身在這要求他打造的浮誇屋子裡，看見這盆快速凋萎如胭脂斑駁的聖誕紅，彷彿只剩殘妝的狼狽自己。

她終究還是要整理這歡騰節日後的殘局，在如同拆除節慶牌匾後的廢墟裡，收拾著聖誕紅的殘枝敗葉，卻發現這聖誕紅竟然只是隨意剪枝插在盆裡，沒有根也沒有生命續航力，只是短暫應景之用，沒有未來，如同她的愛情，她一個人演著「愛情來了」的獨角戲，享受愛情表象的歡愉，耽溺於幸福的想像，卻從未曾了解一起在愛情世界裡的他想什麼、需要什麼，或是感受了什麼，而那些她認為的幸福面貌卻也如同這齣劇碼的舞台道具，空有浮華的表象，而她卻如同沒有後續劇本的演員，無以為繼，只剩下走位的疲憊與空虛，這才看清聖誕紅的浮誇假象，原來吸睛的只是紅色苞葉，不是花，真正的小花隱身在苞葉之間，如同她虛張聲勢的愛情，只看到繁華的表象，卻忽略了關照那看似不起眼卻悄悄滋長的美麗生機。

她心一橫，將枝葉折了，枝幹間流淌出白色的汁液，想到兒時樸拙的日子裡，不曾聽聞父母情意綿綿的話語，但母親總為忙碌夜歸的父親默默端上一杯溫熱的牛奶，她才明白：在愛情的世界裡，所有的花俏包裝都不實在，幸福是在這寒冷的冬夜裡，兩顆互相取暖的心。

園丁語錄

聖誕紅，原生於墨西哥高原，落葉灌木，是聖誕節應景花卉，耀眼且令人欣賞的是被誤認為花的紅色或黃色苞葉，真正的花朵微小，簇生在苞葉裡，常被忽略。

- 別　名：向陽紅、一品紅
- 花　語：燃燒的心、祝福
- 花　期：10 月至翌年 3 月
- 花環境：喜歡有機質的疏鬆壤土，春季以插枝法繁殖，必須將剪斷口的白色汁液洗淨後再插枝，生長期間要特別注意水份補充，忌強光，每年於繁殖期修剪老枝，可使嫩枝增多，增加花數。

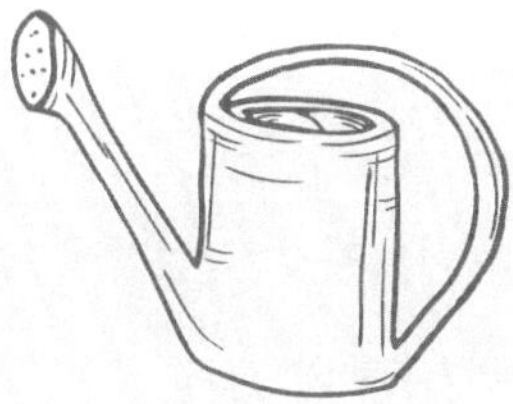

水仙

自戀悲歌

金盞銀盤的玲瓏花顏
細緻勻淨的氣質
恍惚的幽香
脫盡凡胎俗骨
在波光瀲灩中的凌波仙子
幻化成夢中的情人

她遇見他，在一間禪寺裡。

那時，原不相識的兩人不約而同參加了這期的禪七。晨霧瀰漫的早晨，細緻勻淨、一身純白禪服的她，彎下身來欣賞水澤裡一朵清新脫俗的水仙花，正巧在湖邊散步的他看到水仙與她在水影晃漾之間如夢幻般的倒影，不禁為之著迷，這時的她一抬頭見這男人，遂視他為拈花微笑的同道人了。

遇見她之後，他的心裡如同水池裡盪出一圈圈的漣漪，迴旋著無窮的喜悅與她婀娜娉婷的身影。禪七結束，回到紅塵人間，他們開始了因為水仙相遇的戀情，他竭盡所能地呵護她，以他想像的美好樣貌來形塑兩人的生活，家事全由他包辦，吃食都由他張羅，生活瑣事不用她操心，因為她是他心中不食人間煙火的脫俗水仙。

起初，她因為這樣的受寵感到無比幸福，耽溺在他愛的沼澤裡，漸漸的，卻被無心或強迫複製他所有的生活樣貌，彷彿連一向忽略的呼吸也得重新調整頻率、刻意練習，竟覺得身陷泥淖裡，卻因為找不到自己的吐納節奏而幾乎窒息。

年節將近，她看到市面上賣起應景的水仙花，想起他們因為水仙花的相遇，突然發現他愛的是晃漾水波裡她的模糊倒影，是他想像與想望的投射，不是她，他愛的是自己的依戀，她不想再當他的自戀替身。

心碎的他以過往的柔潤情愛懇求她回頭，她仍堅持離開了。熱鬧的年節裡，孤獨的他買了一盆水仙作伴，輕撫著水仙花如金盞銀盤般的容顏，聞著一縷縷飄逸的幽香，割捨不了這一段苦戀，卻發現水仙狹長葉片森然如劍，提醒他當一名俠士，淬煉慧劍斬情絲的勇氣，而他卻被這分手的利劍割得血淚斑斑，潰痛受創的傷痕，淚水到處漫漶，流到疊疊的情書，感情泛濫了；流至厚厚的日記，故事湮沒了，流淌張張的照片，笑容哭泣了，他把自己囚禁在淚海裡，癡癡守著水仙花開花謝，任花屍在水中無意識漂流，迴旋在昔日的情愛裡。

有一天，他在路上偶遇她，她已剪掉長髮，眉宇舒朗，搭著男人的肩，步履輕盈，是新交往的情人吧！兩人一路打情罵俏，她爽朗笑聲清脆如鈴，不見原先瀲灩含藏如水仙的楚楚可人模樣，不是原來愛的她，他在迷惘中回到家，發現水仙早已枯萎，自從與她分手後，他第一次感到她真的遠離了，想起分手時她說：他愛的只是投射在她身上的美麗幻影，那不是她。

這時，他看著凋萎水仙在水盆裡明滅晃動的影像，竟一時分不清是水仙、自己還是她，卻油然生起憐愛的情懷，才發現自己愛上的只是自以為是的愛情想像，遂湧起自戀的悲愴。夢，從涓滴去；空，從流逝來。

園丁語錄

水仙，原生於歐洲地中海沿岸，多年生球根花卉，開放黃色、白色、粉紅、深紅等喇叭型花朵，葉呈厚質劍型，幽香撲鼻，是舊曆年期間最普遍擺設家中的應景花卉。

- 別　名：凌波仙子、女星、玉玲瓏、雅蒜、金盞銀盤
- 花　語：自戀、自尊、自作多情
- 花　期：12 月至翌年 4 月，開花期可長達 1 個月
- 花環境：有播種法及分球法兩種，一般採用自然分球法，將球根的表皮及腐爛部分去除乾淨，浸泡後，8、9 月種植，早秋發根，翌年春天 1-3 月開花。喜歡肥沃疏鬆透氣的砂質壤土與充份陽光。春天生長期間根部需獲得充足的水份，開花後置於室內陰涼處可使花期更久。可供切花、盆栽，亦可置於水盤內培養。

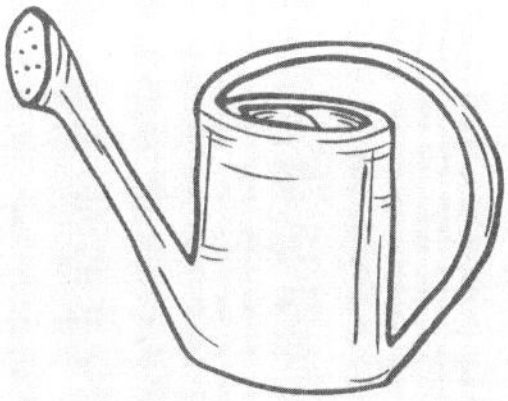

鬱金香

愛情紀念戳

肥大球根如母體
小小生命在窈冥中悄然成形
花梗挺出孤獨的酒杯型花朵
意亂情迷宿醉後
獨自憂鬱啜飲愛情的苦汁

那晚意亂情迷後，她的肚子裡有個小生命日日滋長。知道自己有喜，她甜蜜而惶恐，想到他們初識不久，尚未穩定的愛情以及沒有婚約的現在，在哀歡交替的複雜心情裡，擔憂著即將到來的身心重負。

她呆望著前些日子心血來潮買的鬱金香球根，只是因為好奇這球根如何長成印象中神祕優雅的鬱金香花朵，如同沒有愛情經驗的他們也一步步探索彼此，無意中展開一場情慾探險，孕育了這不在預期裡的小生命。眼前這肥大的鬱金香球根也讓她升起日後肚子逐漸隆起的焦慮，花期無法預知，她也無法預卜他倆的愛情是否也能修成正果。

他知道她懷孕的當下，瞬間愣住，一臉恐慌，隨即表明還沒準備好要當爸爸，她本來就如同在子宮裡那個小小種子一樣，奮力泅泳，此時更有如墮入暗潮的漩渦，昏頭轉向，不知何去何從，瞬間覺得相識不久的他很陌生，也如那枚鬱金香花球，不知底細。面對他的漠然，她也只能抑鬱以對。

有一天，鬱金香的球根終於抽出芽根，如同他們因為肚裡的小生命，也刻意開始經營的愛情，卻發現想像的愛情彷佛鬱金香高貴絕俗，但他們人間嬉戲一場，因為過早面對養兒育女的現實磨蝕，失去愛情浪漫的期待，未能享受情愛合歡的滋味，只剩下現實生計的盤算，兩人逐漸感到煩悶，隨同她失去曼妙的曲線、如鬱金香球狀的變化體型一樣，他們的愛情也漸漸變質，但子宮裡的小生命卻實實在在佔有她，沒有理由決然拋棄與割捨，充滿矛盾的相待。

害喜的不適如排山倒海而來，嘔吐、貧血、暈眩是這場愛情的副作用，鬱金香抽出孤獨挺立的花莖，末端單一的待開花苞透出紅絲，如肚子裡胎兒脈搏裡的血液汩汩搏動，但對她而言卻不是愛情的禮讚，卻是母者的承擔，雖然愛情變質了，但週遭的親朋好友建議她為孩子著想，奉兒女之命嫁給他，她也想為孩子委屈求全，以婚姻預約孩子完整家庭的幸福，但是面對心靈漸行漸遠的他，不禁問自己願意成為他的妻嗎？失去自主意志的自己，人生會快樂嗎？然而，耳邊一個個已婚女人殷殷告誡：又有那個女人不是在婚姻裡葬送自己的？愛情是一場構陷，在迷亂中誘惑所有為愛情奉獻一切的癡情女子，甘願成為兒女的奴隸，這是傳宗接代的陷阱，愛情不過是青春的紀念戳！

在這心意對峙的日子裡，她的鬱金香悄然綻放了，在單一花梗上開出高雅的花朵，看著這孤絕卻活出自我尊貴的花蕾，她的心中充滿感動，終於決定為自己掙出另一條生路，不被孩子支配，不被既定的章法宰割，要活出女人宿命之外的軼史，她要成為溫柔而堅強的母者，不再以孩子為哀怨求愛的籌碼，不想成為在婚姻裡委曲求全的怨婦，她要保有尊嚴與完整的自己，像鬱金香一樣，活出一枝獨秀的美麗。

她輕輕撫觸隆起的小腹，看著鬱金香如高腳香檳酒杯的花形，想著自己之前孤獨抑鬱、獨自啜飲愛情的苦汁，現在已從意亂情迷的宿醉裡清醒過來，孕婦不適合飲酒，但她還是舉起酒杯，做了乾杯的儀式，致勇敢的自己，致肚子裡的小寶貝，致前行人生的幸福。

園丁語錄

Gardener's Notebook

鬱金香，原生於土耳其及歐洲南部，多年生耐寒球根花卉，具卵形鱗莖，葉尖針形，酒杯型的花朵高懸在花梗末端，傲然卓立，有粉紅、黃、紅、橙、白、紫諸多花色，散發淡淡幽香。

- 別　名：洋荷花、荷蘭花、紫述香《本草綱目》
- 花　語：愛的告白、名譽、慈善
- 花　期：12 月至翌年 3 月，盛開季節為春分以後 40 天
- 花環境：為秋天栽培的球根植物，在台灣種植時，球根必須在 4℃冷藏 40 天，秋天將球根埋在排水良好的肥沃土壤裡，冬末休眠後開始發芽成長，春季開花，花季後又進入休眠狀態。

日日春

室友

頹圮磚牆縫隙下
一朵朵小花燦然憨笑
如樸拙真摯的愛情
溫暖明亮
日日是春天

她認識他，在一片貼滿雜亂租賃廣告的牆上。

那時，她到處找房子住，看到一張小廣告，上面樸拙的字跡寫著：「雅房出租：家庭格局，客廳、廚房、電視、冰箱一應俱全。」她被這個勾勒出小家庭雛形的廣告吸引了，比起幾天來看過的數處雅房，甘蔗板隔成一間間的小蜂窩，每個人僅有一張床和一張桌子的空間，生活局限於坐臥之間，而眼前這個廣告有著難得正常的人性空間，當然令她心動。

按址尋去，見一處斑駁的老宅，心中頓時冷了半截，卻也想一窺究竟。按了門鈴，他來應門，上上下下打量她，說是想租給男學生，一副她看了也是白看的表情，她按捺不住好奇心，理直氣壯的爭論廣告上沒有寫這樣的限制，還是想看一下房子，他只好將大門敞開，讓她進屋內探一探。

她跟在他身後，一路打量，老屋年事已高，累積的家當也多，果真古董桌椅、冰箱、電視俱全，連牆上的畫也似披掛一身風霜。進了廚房，爐具老舊，他靦腆笑笑，一臉正經的說：「一切功能都好！能用的！」這時，她看到老厝頹圮磚牆縫隙下，一叢桃紅的日日春開得歡天喜地，在老宅褐色的光影裡，鮮麗花色特別醒目。她立即相信，這是老屋生命力的最佳明證！

她接著拉開傷痕累累的紗門，穿過滴答漏水的天井，見到孤守後院的「雅房」，不到兩坪的空間，一張單人鐵床、小書桌，卻開了大窗，窗外是一棵蒼勁蓊鬱的老樹。她被這棵大樹吸引，全然忽略小屋的悲微，覺得租下小屋就擁有這棵大樹的天與地，樹下又見一簇簇緊緊攀住少許泥土，努力活著又開得燦爛的日日春，在陽光下熱熱鬧鬧、生機盎然，想起童年時自家住屋前、小溪旁、庭園裡也隨處開著這花朵，突然像回到家一樣倍感親切，於是轉頭對他說：「我可以租下這間房間嗎？」

他驚訝地望著她，愣愣地說：「這樣的話，這間老屋只有我們兩個人住。」

她遲疑半晌，想起自己女兒身的尷尬，卻見他五官清秀，有一股自持的清峻，不經世事的她覺得人的五官是被心性雕塑成形的，而他一臉深刻輪廓，看來是很認真生活的那種人。

他轉身上樓去，木板樓梯咚咚咚的急切來回響著，手裡拿著身分證件、教師證給她過目，並且說道：「我在醫學院教書，這是我的證件。」接著說：「妳不嫌這裡太簡陋嗎？」

她看他一臉誠懇，對這裡的唯一顧忌也全部拋除，搖搖頭並反問他：「那你呢？這是你的房子嗎？」

「這是我一個病人的房子，」他說：「知道我在找住處，就租給我了。房子雖然老舊，但在這精華地段有這麼大的空間很難得，而且房子格局和我南部的家很像，很熟悉的感覺。」

她驚訝望著對這屋子同樣感受的他，會心一笑。

她租下這處雅房，開始與他樓上樓下窗口共賞大樹、衣服晾在同一根曬衣竿的日子，穿著便服短褲在彼此面前晃來晃去，甚至一早起床在盥洗室前蓬頭垢面相見，簡單質樸的生活如同那一片依附磚塊縫隙的少許沙土生長、不用養份肥料，連最基本的水份都不需供應的日日春，在這簡陋的老屋安然過活。

夜裡涼風習習，她的窗前月華如水，靜靜沁著豔夏，她輕輕拂去壁上一片片斑駁的落塵，輕歌懷想，一番自在，此時聽到樓上房間隨夜風飄送而來的輕柔旋律，她走出小屋。來到後院，見樓上窗口有一張書桌前沉思的臉龐，深刻素淨，心也隨之安定。看到身旁角落的日日春，日復一日不變的小小笑臉存在的像是理所當然，如同他在她的生活中也是這樣自然的存在。

老宅年事已高，風燭殘年，隨時都有病痛，有時電燈不亮、有時熱水不熱。那一晚保險絲燒斷了，她呆立黑暗中，不知所措，他的聲音彷彿從蠻荒傳來：「妳在哪裡？」黑暗中更聽出他的關切。他從樓上摸黑下來，生命憂戚與共，隨即合作無間，自然而然的牽起彼此的手，在闃黑的老宅裡扶持前行，找手電筒、工具箱，微弱的光影下，他打開電箱修繕，她遞工具，合作無間，她突然想起小時候一次強烈颱風的停電夜，屋外狂風暴雨，屋子彷彿搖搖欲墜，她有父母姐弟作伴，有著十足的安全感，一點都不畏懼，現在，陌生的黑暗氛圍中，身邊只有他，但是那股家的安全感卻又尋來，她驚訝非親非故的他竟然可以給她如此篤定的力量，心中微微一振，這時電燈亮起，重現光明，她看到他轉過身來，從來沒有覺得他那麼熟悉過。

他通常比她早下班回家，夜歸的她看見屋子裡亮著燈光，有燈就有人啊！她總是這樣喃喃自語著，那個人不只為她捻亮了一盞燈，也為她準備了溫熱的晚餐，漸漸成為生活日常。這天她早歸，想到日日由他妥貼照料，就來下廚煮晚餐，在滿屋子飯菜香中，他歸來了，隨即從口袋裡拿出包覆著什麼的餐巾紙，在她面前慎重打開，露出兩片香甜可愛的小糕點，那可口的下午茶點，他捨不得吃，千辛萬苦摟在懷中，等著和她一起品嚐，她有如日日春，張著嬌憨的笑臉，綻放春天的心情。

漸漸的，在沮喪不已的日子裡，她也只想著趕快回到老屋來，一股腦兒將鬱悶向他吐盡，聊到燈殘夜漏，他是很好談心的對象，與他相處時，可以忘掉外在皮相的武裝，同坐在客廳時，突然想說話，就芝麻蒜皮小事全倒給他，不想講話時，也不用想著要接什麼話，隨意自在，彷彿與他倆一起過活的日日春，不用刻意關照，卻總是一朵開過一朵，溫暖明亮，帶來日日的春天，一起守護這屋簷下樸質自然、平和恬靜的日子。

那一天，他有事耽擱晚歸，她在窗口不安的守候著，卻猛然疑惑自己為什麼如此心急如焚，一股熟悉的印象突然湧現︰那是母親等候夜歸父親的心情，這不只是朋友，更似夫妻的情份。

她不禁如日日春一樣兩頰緋紅。這平凡的花朵不刻意討好誰，卻日日將春天帶給她，也醞釀了他們樸拙而真摯的感情，並且讓她相信自己已經找到生命永恆的春天。

後來，他們結婚了，名正言順同住一個屋簷下，每當朋友聚會，不斷聽著已婚夫婦叨絮著另一半戀愛到婚後有如包裝精美的貨色拆開後的失望悵然、鮮花美食戀愛花招攻勢結束後的索然無味，他們卻以老夫老妻的況味緊緊牽著彼此的手，癡癡望著平日粗服蓬首的對方打扮出門後的美麗與帥氣。

園丁語錄

日日春，原生於西印度，多年生草本植物，花朵有粉紅、白或紫紅色多種顏色，鄉野、街道角落隨處可見其蹤跡，花期長，彷彿日日開花，在陽光下熱熱鬧鬧、春意盎然，因而被喚為「日日春」。

- 別　名：長春花、雁來紅、四時春
- 花　語：快樂的回憶
- 花　期：中春至早秋，台灣南部可常年開花
- 花環境：可盆栽或種於花壇、庭園，喜愛日照良好與排水良好的戶外環境，逐年分枝長大。3 月至 4 月之間可用莖條插枝繁殖或種子播種，耐旱、容易栽培，也有強盛的自播能力，在荒地、牆角、空地等，也常常可見其蹤影。

下卷　心情花季

為自我尋找一片沃土
耕耘一座光燦妍麗的生命花園

煮飯花

青春速寫

細長管狀末端冒出朵朵純白的小花
在傍晚煮飯時盛開
如同一支支小喇叭
輕輕播送著
家裡溫馨的召喚

Biodiversity Heritage Library

夏日天氣炎熱，傍晚六七點都還煨著烈日的餘溫，晚風習習，在酷暑煨烤後的微涼中，出外散步就成為一種享受了。她走著走著，在路旁發現似曾相識的「煮飯花」，是童年時看見的樣貌，不同的是記憶裡的白色花朵換上了紫紅色的衣裳。

她的童年印象除了稻田，就是煮飯花了。每到傍晚時分總是在田邊或溝邊、牆角一簇簇綻放。記得阿嬤告訴她，這種花總是在傍晚煮飯的時候開花，所以叫作「煮飯花」，農人下田耕作，沒空留意時間，當他們看到煮飯花開了，就知道是準備收工回家的時候了。兒時的她站在田埂上，看到不遠處家家戶戶飄出裊裊的炊煙，一個個彎腰俯首在田裡邁力工作的農人瞥見了鄰近綠葉叢裡的白色煮飯花，細長管狀的花朵像是一支支的小喇叭，適時的在耳邊召喚著：「該休息了，回家吃晚飯了！」遂一一起身回家去。煮飯花就像是每個農人身旁全年無休的妻子，從早到晚認份忙著，從不失職罷工，不會甜言蜜語，不懂得花枝招展，卻也如同管狀花朵裡藏著千言萬語的關懷心意，在黃昏時輕輕地播送。

她在很久以前與煮飯花也有了無言的默契，小時候貪食又貪玩，怎麼玩都玩不夠，鄉下人家晚餐吃得早，她匆忙的扒完碗裡的米飯，趁著天色未暗，再出門玩耍，那一簇簇白色的煮飯花不規則的到處冒出，也像是這一群黏得滿嘴滿臉飯粒的同伴，一起快樂的在鄉野裡嬉戲。上小學以後，傍晚放學途中，書包裡帶著滿分的試卷，等著回家獻寶，這時，在小女孩的眼中，路旁盛開的煮飯花隨風搖曳，如同她的心情翩翩起舞，這時的煮飯花化身為穿著層層雪白蕾絲蓬蓬舞裙的芭蕾舞者，裙襬皺褶上托起漂亮弧度的腰身，細細的花蕊如修長的雙腳，在擺動的舞裙中若隱若現，她也隨之起舞，宛如在舞台上盡力展現最美舞姿的舞者，充滿自信的光采。

可是，她也有馬失前蹄的時候，有一次，老師教「嚇」這個字，一向聰慧靈巧的她，卻怎麼也勾勒不來那繁多的筆劃，老是寫錯，放學後還被留在學校裡繼續練習，那一點一劃卻始終也沒寫正確過，「嚇」得她滿頭大汗，等到母親尋來學校帶她回家，天色已暗，她看不到每天簇擁在路邊為她歡呼喝采的煮飯花，心情一酸哭了，這是她快樂童年蒙上陰影的開始，而老師彷彿覺得留校察看這個方式很有效，時時留下一些同學加強學習，大家都很怕被留校，而她在每次放學鐘響後，確定可以準時回家，心情總是雀躍萬分，回家途中看到煮飯花，象徵著一天平安度過，內心就篤定了。

上了國中以後，升學壓力日益沉重，整天在一節又一節的考試中度過，心情隨著分數起伏不定，經歷無數次手心的疼痛與心裡的滴血，為了應付各科老師的嚴格要求，總得熬過漫漫長夜，準備隔日的考試，但是因為白天的疲累，她始終沒有熬夜的能耐，總是書沒唸完就睡著了，夜裡掙扎爬起多次，但朦朧的眼睛始終沒有睜亮過，每天上學時，總是帶著一書包的殘缺功課，滿腦子模糊的片段知識，沒有自信能順利熬過當日，沉重的心情無暇欣賞亮麗的晨光，只有放學後的黃昏時光，才是一天最快樂的時刻，這時剛打完一天的硬仗，又還未開始挑燈夜戰的艱熬，她迎著晚風，踩著腳踏車鏗鏘節奏的踏板，遠遠望著煮飯花枝椏上點點白白的繁花，在微暗的天色中如霧又是花，暫時拋開沉重的功課，整個人輕盈暢快，如同騰雲駕霧一般，飛在不著邊際的幻境中，暫時脫離現實清湯掛麵的黃毛丫頭造型，披上夢的白紗，作作白雪公主的少女夢。

接著，她上了高中，升學壓力更是沉重，一大早帶兩個飯盒上學，午餐、晚餐都在學校解決，只為了避免在家偷懶睡覺，希望在同學互相監視下，爭取更多的唸書時間，直到深夜才回家。煮飯花的形影在她的生活中澈底消失了。

後來，她離鄉背井北上讀大學，繁華熱鬧的都會生活少見三餐規律的日常，取而代之的是速食店全天候供應的速食漢堡、薯條，以及到處林立、隨時充飢的快餐店，傳統作息節奏的煮飯花不能名正言順的存在。

多年後，她客居異鄉，有一天又在路旁偶遇煮飯花，許久未謀面，依舊在黃昏盛開，卻覺得幾許生疏，原來它們形態未變，開得卻是紫紅色的花朵，化身為抹了胭脂的豔麗「紫茉莉」，年少的純情如同過往純白的煮飯花不復存在，向晚時分正是都市狂歡的序曲，越夜越美麗，她看著彷彿濃妝豔抹的煮飯花，不再歌頌日入而息的恬靜適意，已經搖身一變，成為揭開五光十色暗夜序幕的最佳代言人，曾何幾時，旋轉不停的霓虹燈伴著一個個無眠的夜，日夜的界限不再明顯，不知今夕是何夕，臉上越來越濃艷的妝彩也取代了真實的面容，不知自己身在何處。

在傍晚的涼意中，她不斷找尋著那寧夏裡的煮飯花日常、無憂無慮大口扒飯的童年、以及青春夢幻的純真年代。

園丁語錄

Gardener's Notebook

煮飯花，原生於西印度群島，一年生半耐寒草本植物，有白、紅、黃、紫、斑紋等多種花色。花形如小喇叭狀，有芳香氣味。在傍晚煮晚飯時盛開，所以有「煮飯花」之稱。

- 別　名：紫茉莉、胭脂花
- 花　語：貞潔、質樸、膽小
- 花　期：中夏到中秋
- 花環境：常自生於鄉野、花圃中，以黑色花籽快速繁生，可於 2 至 3 月播種，5 至 6 月植株即長成。

素心蘭

滄桑的滋味

雅致玲瓏的雪白花朵
以溫柔的情韻
恬靜的幽香
慰撫如劍鋒葉片的生活滄桑
神思恍惚間
悄然空寂時
適切湧起溫存的甘味

Biodiversity Heritage Library

夜裡，院子裡傳來陣陣飄飄忽忽的幽香，撥開暮色的濃濃睡意，藉助半夢半醒的恍惚空靈闖入房裡，但仔細一聞，什麼也聞不到，卻撩起她的思緒，那記憶中視覺的聞香。

那年，她的父親帶回一株植物，幾片蕭索的葉子，如細長的劍，母親立即劍拔弩張，叨叨唸唸，說是生活這麼忙碌，還有心情養蘭，父親委婉說是客戶付不全工資，以蘭花代抵，又安慰母親說，這是素心蘭，開花時會滿室生香的，在客戶家曾聞過這清雅迷人的花香，母親怒意稍退，知道父親的個性一向敦厚，天性淡泊不與人爭，日子將就點，也就過了。

靠貨運營生的父親，天還未亮就得出車，夜裡又得處理貨單及調度出車事宜，只有利用一點空檔時間，澆水、施肥，守著那幾片不起眼的孤伶葉片。她對父親這不開花的蘭草一點興趣也沒有，不像隔壁鄰家陽台花團錦簇，所以也提不起勁去幫忙照料，還勸父親改種其它的花卉，大理花、海棠都好，既好養又開著耀眼的花，辛苦園藝也才有代價。父親始終不為所動，依然守著他滿陽台蕭索的細葉，日子一天天過去，蘭草依舊是清秀佳人，不見花苞，她也習慣了那單薄的綠意。

有一天，蘭花突然抽出花莖，彷彿已經宣告不孕的半老徐娘突然有喜，尋常日子裡有了希望與期待，父親難掩笑意，將待產的「孕婦」小心翼翼地移入客廳向陽處，期盼她早日安產。

幾天後的清晨，她在睡意矇矓之間聽到母親對父親說：「真香，一早就聞到滿室的香氣。」她一骨碌從床上爬起，就想衝進客廳探看蘭花，卻在客廳外難得看到父母親悠閒對坐，溫柔笑眼相視，賞著花莖上雅致玲瓏的蘭花。她一向見到的父親總是急急忙忙趕著吃飯、工作的匆忙身影，從不曾坐下來喘口氣；母親也是忙著家裡周而復始的大小事項，如陀螺一樣，屋裡屋外團團轉，嘴裡嘮叨不停，臉上盡是嚴肅疲憊，從來沒有出現過這樣柔和的面容。在她眼中，那株素心蘭還是不如玫瑰、香水百合起眼，最亮眼的卻是父母因為這盆花，坐下來慢慢喝一杯茶，在肩挑重擔的傾軋中，掙得一處悠閒的時空，品賞一縷恬靜的幽香，溫柔的情韻慰撫如蘭花劍鋒葉片的生活滄桑。

她不識趣地闖入客廳，一起溫存這家中難得的溫馨氣氛，父母親爭著問她有沒有聞到花香，她卻什麼也沒聞到，儘管他們一再堅持著整個房間都瀰漫著花香，她難得可以窩在父母親的身上撒嬌，聞到的是母親身上的油煙味和父親長年與原木為伍的木材香，但見到枝葉間的長長花串，也相信這無在也無所不在的滿室生香了。

蘭花花期一過，父親即因意外遽逝，什麼都來不及交待，母親一見這素心蘭就掉淚，大概懷想父親一生清白正直，如這素心蘭一樣靜默、平和，見花如見故人，但這盆素心蘭因為缺乏父親的照料而日漸枯萎了。

成年後，她看到花市裡一株含苞待放的素心蘭，遂買下帶回，紀念往昔那一段溫情的時光。幾天後，一朵朵晶透如玉的花朵悄然綻放，姿態高雅脫俗，潔淨無瑕，她原先只是緬懷一段歲月，沒有開花的過多期待，在這當下竟覺得幸福的有些奢侈，突然間，她聞到一陣清雅的香味，彷彿當年的陳香尋來，掀開她的心鏡拭塵，和她聊起多年的滄海桑田。她才領悟到年少的生命太淺薄，無法與這不主動襲人、不刻意招搖的空靈悠香起共鳴，多年來，種種生活悲喜呼嘯而過，林林總總的光采與情愛隨青春逝去，抓也抓不住，喚也喚不回，歷經歲月淬鍊，素心人看素心蘭，那一縷幽香就在每個神思恍惚間、悄然空寂時，因緣際會尋來了。

其實她知道，這香已等待多時，等著她在人生路程披荊斬棘、將五味雜陳密封醞釀，在歲月裡提煉蒸餾，多年後，連本帶利討回。

園丁語錄

素心蘭，多年生常綠草本植物，原生於日本、台灣，葉片狹長，呈軟質垂狀，抽長花莖上開出數朵至十餘朵淡黃色的花朵，晶瑩潔淨。「素心」相對於「彩心」而言，是說素心蘭的花舌純色無斑點，因此以「花心如玉」而知名，整體素雅，花香清雅，被視為蘭中珍品。

- 別　名：草蘭、山蘭、朵朵香
- 花　語：活潑、開朗
- 花　期：2月至3月
- 花環境：喜歡生長在濕潤且通風的環境。15-25℃之間最適合生長，平時擺放在向陽處養護，給其充足光照，但避免強烈陽光直射曝曬，以免葉子受傷並影響開花。選用疏鬆、排水性良好的土壤做基質，每隔3到5天澆水，夏季溫度高可斟酌增加澆水量，冬季使土壤保持微濕狀態就好。可從植株根部分株繁殖，4到5個子株重新種植到適合盆土裡，也可採取根段、莖頂，運用「組織培養」的方式來大量繁殖。

文竹

待嫁女兒心

密密麻麻如短針的含蓄葉片
以長長的莖脈模糊交織一片迷離
伴隨宿命新娘
嫁去不知底細的夫家
編織一片沒有意見的人生
緩緩流露無怨的美麗與哀愁

她在五彩繽紛的花海中，走入沸騰喜氣的禮堂裡。

大幀夢幻的沙龍照裡是她盛裝的甜笑嬌顏，眼神裡盡是幸福的憧憬，她穿著綴滿珠鑽、細緻蕾絲的白紗，在花海中光采耀眼，吸引眾人的目光與喝采。屋外的寒流、紊亂的交通和紛擾的政治都被隔絕在禮堂外。

新郎遞給她一束香水百合為主體的大把新娘捧花，她的腦海中突然掠過孩童時代一個個虛白的新娘印象。那時還是小女孩的她，在看熱鬧的喧鬧人群中拚命掙開一線視野，等候故事書裡如公主般的夢幻新娘出現。

在劈哩啪啦的鞭炮聲浪與迷濛煙霧中，她終於看到面紗重重遮掩的新娘，手裡捧著一束新娘花，捏著淚水濡溼的手帕，低著頭從屋內緩緩走出，立即沒入禮車裡，只見一團迷白。在那過往鮮花少見的黯淡年代裡，最引人注目的就是新娘手中的捧花了，那規格化的花束總是鬱綠的文竹細細長長的莖葉從手裡延伸到白紗裙角下，襯托幾朵玫瑰的嬌豔與白紗的聖潔，在那個新娘在白紗籠罩如迷霧的年代，這一束捧花提供無限遐想的空間，將新娘妝點的空靈美麗，而面紗內的新娘容顏似乎就不怎麼重要了。

那文竹人稱「新娘花」，以往每束新娘捧花都少不了它，也許它寫意也更寫實吧！它的花朵形色很少人注意過，也根本不受重視，那退化如短針的含蓄葉片密密麻麻，在長長的莖脈牽引下模糊交織成一片迷離，如新娘依媒妁之言嫁去不知底細的夫家，與陌生的丈夫開始編織一片沒有主見的人生，可不是？褪下白紗後的新娘在當晚喜宴中始終如低頭的娃娃偶，不笑不吃，眼光始終與地板交集，保持新嫁娘的端莊與矜持。大門不出、二門不邁的三日後，新娘頭插紅花，身著紅衣，以胭脂抹出臉頰嘴唇一片紅暈，怯生生出門歸寧，與鄰人嬌羞淺笑，等到門楣喜帳一撤，新娘落入凡塵，一身素樸，岔開腿蹲在門前洗衣，不久後穿起孕婦裝，嬰兒呱呱落地，她袒胸露乳隨處餵奶，過了不久肚子又隆起，一個背、一個手牽，一個地上爬，忙著煮飯燒菜罵小孩，完全入世。

一個個聖潔的新娘逃不過塵世的宿命，漸漸變成街坊的少婦、歐巴桑，也擠在人群中看著鄰家妙齡女孩出嫁，觀望著總也看不到容顏的新娘，以及她手中搶戲的新娘花，自己也如當日結婚手捧花束裡的文竹，纖細針狀的葉片終將無聲無息地灑落，只留下長長的韌性莖脈，生兒育女，傳宗接代，以青春換取下一代子孫的延續命脈，一輩子與生活打拼的堅韌，正像那個新娘花時代的女人一生。

她在鼓噪的聲浪中，又換穿了一件華麗宮廷款式的露肩禮服，搖曳著浪漫蓬裙，向群眾款款走來，閃亮髮飾烘得酡紅臉蛋亮得發燙，頸間手腕上的珠鍊金飾光采耀眼，戴滿戒指的玉手舉起酒杯，化一室酡醉胭紅。在大夥起鬨下，新郎擁吻新娘，嬌羞的紅顏藏在手中大把新娘捧花後，那捧花不再是含蓄簡單的文竹與玫瑰，卻是香水百合和各種奇花異草組成的豐碩妍麗，似乎應允了滿溢幸福的未來。

新娘花的老式圖騰消失了，呈現的不再是一成不變的單調宿命，而是多彩多姿、不拘一式的自我風格，新娘的形象也不再是白紗掩蓋下的模糊輪廓，她在眾星拱月的氣勢與不絕於耳的讚美祝福聲中露出燦爛的笑容，雖然，手裡捧著的新娘花依然無可倖免於凋謝的命運，但卻是她握在手中的自主選擇，那豐美花顏也讓女人們記得在或短暫或漫長的歲月裡，曾經是最佳女主角，在眾人的注目與讚嘆中，曾經燦爛美麗過。

園丁語錄

文竹，原生於南非，常綠觀葉植物，枝細小可蔓延，葉片輕柔成短針狀，匍匐在枝杈的兩旁。花小，白色，不受重視，以觀葉植物著稱，常種於盆栽觀賞，為早期新娘捧花的必備花材，因此通俗稱為「新娘花」。

- 別　名：新娘花、片松、刺天冬、雲竹
- 花　語：永恆，純潔的心
- 花　期：9 月至 10 月
- 花環境：庭園栽培注意防曬，居家栽培以斜射的半日照為宜，為避免失水過多，可以墊一水盤，盤中保留約 1 公分的水高。在高溫乾燥期多用噴霧方式保濕。春天時可將生長茂盛的母株分成 3 至 5 枒的子株繁殖。

向日葵

母者

金黃花瓣攫取烈日精華
一片燦黃扭旋的色彩漩渦翻滾吞吐
冀求的不是腳踩的有限土地
而是無邊無際的天空
卻藉由陽光的精魂
孕育一片溫情的沃土

首次勾引她心動的，不是情人，而是向日葵。

不記得是小學幾年級的事了，她在國語課本的插畫上看到一朵黃澄澄的向日葵，長長的花莖由課本下方延伸到頂端，撐著一朵光燦的葵花，重重金黃花瓣交射出繁複的光芒，如太陽一樣飽滿耀眼，更讓她驚訝的是課文描述葵花會追隨太陽轉動，她不可思議地瞪著課本上的那一團花球，深咖啡色的花心像是深不可測的眼珠，蘊藏神祕的超能力凝視著她，這神奇的花魔著實令她心悸，彷彿也如光束探照著她的未來。

她是可以這樣理直氣壯遙想美好未來的，那時，她的日子也充滿了陽光，課業成績出色的她，在升學主義的年代裡就是光彩奪目的風雲人物，如同被陽光寵著的向日葵，高挺著身軀，傲視群芳，也像是課本裡不受拘限的葵花，將眼光從書本外探出，遙望天上不可逼視的太陽，從那不可測量的距離，遙想她的光燦未來，她冀求的不是腳踩的土地，而是那一片無邊無際的天空。

於是，她狂熱追求腦海裡的熾熱夢想，激盪內心裡熊熊烈日般的飽滿生命力，在那個重男輕女的年代，她在大考小考中脫穎而出，如願以償的離開小鎮，自以為改變了自己的宿命，走上大都會的椰林大道，也是她夢寐以求的日光大道，如夸父追日般，向著看似遙遠卻又耀眼的前方邁開大步而去。

在青春歲月裡走著、走著，偶然之間一個有著陽光笑容的男孩擄獲了她的心，她如向日葵追隨烈日一般，在愛中癡狂，然後，走入了婚姻。

爾後，向日葵的圖騰還是一直跟隨她，從客廳的擺飾、房間被單的花色、浴室洗髮精的標籤到廚房裡葵花油的商標，日復一日太陽升起又降落，一個個孩子相繼出世，她在炒炒煮煮的爐火前，日子依舊火熱，卻遺忘了窗外的太陽。

多年後，孩子長大，一個個離開家，日子突然安靜下來。有一天，她在街上閒逛，不經心地看到櫥窗裡梵谷的畫作〈向日葵〉，那葵花伸展遒勁的線條，一片燦黃扭旋的色彩漩渦翻滾吞吐、洶湧澎湃，淋漓充沛的元氣彷彿要破畫而出，大口啃蝕觀畫者的靈魂。這燃燒的筆觸在向日葵的波盪線條裡引爆生命的狂熱，彷彿也點燃了她煨了多年的內心火苗，瞬間迸發出熊熊烈焰，騷動她已呆滯的靈魂，翻轉著花浪裡的記憶。潛藏的自己此時驚醒，啊！什麼時候陽光如此刺眼啊！她從手提包裡拿出墨鏡，躲避炙熱的陽光，也掩飾起她現實裡的挫敗與無力。回顧那年新婚時，她與先生爭取自我實現的出路，卻被傳統婦德的強勢與陽剛父權的熾燄交相逼射，灼得全身是傷，只好將一切向日葵的夢想深鎖心中，在家相夫教子，隨著日出日落茫然旋轉了。

她買回那一幅〈向日葵〉，紀念當年癡狂的葵花心情，抬頭望向壁上畫作裡向日葵隨日絞扭的生命，一低頭看著茶几上的全家福相片裡孩子如陽光的燦爛笑容，她突然發現孩子就是她的小太陽啊！有太陽可以凝望的向日葵是幸福的，原來，她已經成為了地母，藉由陽光的精魂收攝，孕育了一片不在預期之內卻依然溫暖豐厚的沃土。

園丁語錄

Gardener's Notebook

向日葵，原生於北美洲中西部，一年生草本植物，金黃花瓣，深咖啡或黃色花心，輪廓如太陽，形象亮麗，有向日光性，可長高至 6-7 呎，種子可做葵瓜子及葵花油，莖能製紙。

- 別　名：太陽花、葵花、日車
- 花　語：崇拜、敬慕、光明
- 花　期：夏季至秋季
- 花環境：春天或秋天播種，也可用分株法繁殖，喜好排水良好的土地以及充足的日照。

垂柳

春膳

岸邊垂柳迎風飛舞曳動
隨四季變化不同姿彩
一湖波光瀲灩的春水
投射女人心靈山光水影的想望

她拎著一家子的衣服，來到河邊，加入河濱少婦、人妻、人母、老婆婆的洗衣行列。

這些才剛料理完各家早餐的婦女，此時三三兩兩挽袖叉腿，使勁漂洗著衣服，並且閒閒搭著左鄰右舍的小道消息，滔滔不絕如眼前暢流而下的河水，還常常一時興起加了料，在各家私房話題上笑著鬧著，這些如家裡醬缸裡被壓擠如菜乾的女人，藉此舒展鹹酸辛辣的心情，曬衣服也順便晾一晾潮濕苦悶的日子。

她的童養媳身分使她早早就離開天真爛漫的童年歲月，擔負起和成年女人一樣擦洗、烹煮等水裡來火裡去的日子，而她的心情自是與這群洗衣的女人不同，在這日常的洗衣時光裡，她喜歡看著河岸垂柳迎風搖曳，以及投映在水上的美麗倒影，那是她在柴米油鹽醬醋茶的生活裡悄然安放的少女心。

初春時垂柳枝枒冒出芽苞，是孤獨使然嗎？她也總能留意到與細小柳葉一起冒出的黃綠色小花，怯生生不起眼，也如同一樣不被人關注的她，儘管這一片春色自生自養，一般人視為平常景色，少能留意，但對她而言卻是異於三綱五常約束的四合院冷色調，在她蒼白宿命的畫布上隱約投射模糊的春彩，回復天真浪漫的少女心，自得其樂，當暖春時節白色柳絮隨風飛舞，她跟前隨後的玩起捉迷藏的遊戲，還煞有其事地將柳枝前端的青皮剝成一朵花，作個美麗的髮簪，挽起她烏黑濃密的秀髮，就這樣與柳絮、柳枝玩著無關現實生活的遊戲，回應著她的青春。

多年過去了，她順著既定的命運，嫁給從小送作堆的這家男人，更像是嫁給了這個家，整日屋裡家務屋外耕作操勞，但是依然記著當年那一湖垂柳波光瀲灩的春水，堅持她也有過的青春歲月，在烈陽下泥土飛濺的勞力耕種後，她配著天衣的色，搭著天光的絲，採集園裡各色菜蔬，喜滋滋的回家去，在她的大灶前，以一些肉絲、一把春雨洗過的綠蔥、一個肥胖胖的大白菜、一塊從地母處拉拔的紅蘿蔔、一把曬了春陽的黃韭、一朵暗地覷著眼默默瞪著流光的沉默香菇，洗洗切切，在黑白影像如無聲默片的生活裡，悄悄為自己的生命調了色，然後在霹哩啪啦的薑、蒜爆香聲中，肆無忌憚地為在家裡有耳無嘴的自己發了聲，接著把各菜色一一下鍋，從肉片、紅蘿蔔到春韭，在心中次序了然分明，這是女性先天的維生專業（譬如伺候家中長幼服服貼貼），然後舀了幾匙拜拜煮牲禮後細心留下的高湯（考驗女性節省持家的能力），再撒一把鹽、加一點醬油，讓菜有了醬色，也以黑的底色襯出五彩的鮮活（宿命女人一生的生命基調有多黑不可測？），再和著地瓜粉水勾芡（女人的宿命從此就黏附在丈夫家族中浮沉？），記憶中的柳枝波光在眼前熱熱鬧鬧的浮現，女人於是再加一點糖、辣椒與黑醋（有點甜蜜、辛辣與心酸），再滴一、兩滴麻油（是妳委屈的淚珠嗎？），最後將這些精心調理的湖光山色淋在那一尾因拜拜牲禮而失鮮的炸魚上，隨手灑一些香菜（企圖將內心湖光山色掩飾在綠意表象的若無其事裡），克盡主婦職責。

於是，她在膳食料理裡展現含蓄的奔放，在隨波逐流的日子裡，也以每日烹煮的菜餚找到心靈的山光水影。在家庭裡戒慎恐懼、相夫教子，如年久色彩失真照片的她，儘管被迫蟄居於廚房，臉上掛著緊抿的唇與緊鎖的眉，卻在日復一日水深火熱的煨煮中，也藉由一道道色彩鮮麗的私房佳餚，找到心靈的出口，自助旅行到自我的天寬地闊裡。

於是，她在垂柳的膳食遐想裡，為一輩子囚禁在廚房的歲月架構了內心繽紛的桃花源，喚來生命的春天。

園丁語錄

Gardener's Notebook

垂柳，楊柳科柳屬植物，原生於中國，落葉喬木，水邊常見樹種，尤其是溪邊及河堤水圳、湖畔旁，葉呈狹線披針形狀，小枝細長下垂，分枝多，隨風搖曳。黃綠色花朵在早春時與葉同發，但因花小且顏色不顯，少被注意。種子具絲狀毛，即一般通稱的柳絮，在春暖時節隨風飛舞，被稱為「報春使者」。

- 別　名：水柳、垂枝柳、倒掛柳、垂楊柳
- 花　語：思鄉、依戀
- 花　期：春季
- 花環境：所謂「無心插柳柳成蔭」，即是形容柳樹容易扦插繁殖。早春剪取 20-30 公分的 2-3 年生枝條，插枝於肥沃黏質土壤的低濕地，日照充足更佳。

黃金葛

黃金女郎

懸垂的枝葉隨風擺盪
少了花期的等待
沒有驚豔的目光
無人呵護憐愛
沒有落腳處的虛根如遊魂
不知哪裡是歸處

大家叫她黃金女郎。

她的身價如同身上的黃金飾品，標榜她的非凡價值。她也一向以此自豪，當周遭的朋友一個個被婚姻通緝，成為所謂成功男人背後的女人，她卻在三十五歲的年齡創辦一家公司，生意興旺，房子、車子、金子都有了，卻沒有成功女性背後的男人。

她在都會蛋黃區擁有大坪數豪宅，金壁輝煌尊貴非凡，朋友稱讚她投資眼光精準，品味超群，其實她也沒有花心思打點，只要捨得昂貴的裝潢費，就能攬來別人欽羨的眼光。只有她一人居住的住家，各式花茶、咖啡骨瓷杯與藝術藝品擺飾，還有一道長長的畫廊，掛著滿滿等著增值的投資畫作。精緻的展示櫃裡擺放著環遊世界帶回來的各式紀念品，這個家沒有小孩調皮搗蛋，沒有老公散落四處的衣物，更沒有已婚女性煎炒煮炸的油煙面膜，更像她的私人招待所，忙著送往迎來，車水馬龍不斷。

她一向自詡自己高明的生活取捨，將時間都投注於工作上，六親不認，也不想談戀愛耗費心神，現今擁有的資產報酬，正足以讓她自由自在享受人生，多年下來，因為財富累積的身價，成為大家口中的「黃金剩女」，她為一個個奶瓶尿布為伍、出門不便的同學們搖頭嘆息，在緊張忙碌的工作夾縫中，她可以出入知名髮廊剪燙時尚髮型，在有專人服務的百貨公司貴賓室裡，挑選華服美鞋名牌包，或在大飯店裡和政商名流交際應酬談生意，在宮廷式雅痞氛圍的咖啡館裡，幾塊精緻的小餐點，品嘗種種浮誇的生活情趣，她以潑墨般的率性享樂人間，自豪於鬆緊自如的生活調度。

歲月更迭，她與華屋漸漸老去，沒有體力應對或是也厭倦了多年來五光十色的虛華生活，因為孤注一擲投資工作而忽略愛情及親友，現在的她也只有銀行存款簿的數字，其他什麼也沒有。望著空曠的屋子，頓時覺得空虛清冷。

她想：女人就該好好愛自己吧！滿滿衣物間的華服披披掛掛，等著她青睞，但卻因為美人遲暮的發福身材，無法順利穿上，或是緊緊箍住她，幾乎喘不過氣來，名牌保養品也掩蓋不住額頭眉眼嘴角的滄桑。

日子閒閒的安靜下來，寂寞的她環顧滿屋子的金碧輝煌，如今看來彷彿歲月的殘骸，屋子裡各式花卉因為無暇照顧，早已凋零萎靡，只剩下昔日不知是誰送禮的組合花籃裡殘存的黃金葛，因為耐旱而不需費心照料，依然存活著且不斷蔓延，肆無忌憚的探測一屋子孤寂的極限。

她與黃金葛對視，看著懸垂的枝葉隨處擺盪，沒有花期的盼望，等不到驚豔的目光，也失去被呵護的憐愛，枝葉之間一根根虛白的短根找不到落土的安頓處，她突如襲來一陣虛無擺盪的昏眩，如同失去方向的遊魂，不知身在何處。

園丁語錄

黃金葛，原產於法屬玻里尼西亞，多年生蔓性草本植物，有綠色、黃綠色及斑葉等等各種品種，強健好養，常見於辦公室、住家，盆栽、水耕皆宜。大葉形黃金葛常以蛇木讓莖葉纏繞於上，小葉型常不加支柱，任它懸垂，開肉穗型白花，但平日罕見開花，以綠葉見長，是淨化空氣的好植物。

- 別　名：綠蘿、萬年青、黃金藤
- 花　語：財源滾滾
- 花　期：夏季，但少見開花
- 花環境：室內外皆宜，但常被養於光線充足明亮、但沒有陽光直射的室內，耐乾旱，生命力極強，不需特別照顧即能存活。入冬後應減少水份供應，每一個「節」都有氣生根，以 8 到 10 公分的帶節枝條插在土中或水裡即可繁殖。

木棉

生命的邀約

繁葉落盡
瘦骨嶙峋的枯枝
堅持生命的邀約
掙出朵朵朱橙如火燄的怒放木棉
綻放自我美麗的極致

入春時節，木棉花開滿一樹橙紅的碩大花朵。

她從木棉樹下走過，熾紅的花影投射在她的臉上，如舞台的燦爛燈光，烘托她姣好的身影，也如一團火球的木棉一路燒去，讓許多男士都著了火。

許多人讚嘆她是藝術的傑作，能歌善舞，長得美麗，是人間一處好風景，尤其是舞台上的她，充滿視覺美感，也能精準詮釋藝術深刻的悸動，眾人說她是美神的化身，是上天派遣下凡禮讚生命的使者，她在眾人的掌聲中也悄悄貯存了滿腔的心思，要舞到天涯海角、地老天荒，讓生命發光發熱，如一樹蒼狂怒放的木棉花。

窈窕淑女，君子好逑，像她這樣男人夢寐以求的女神不缺眾多追求者，於是，她也在春天木棉花的熱燄裡，談了一場痴狂的愛戀，俊男美女結了婚，也如同許多女人對於婚姻的期待，希望開啟幸福人生的序幕。

然而，結婚是否也是許多女人自斷前程的開始？當了人妻的她棲身在熙攘市井的大家庭裡，公婆認為舞台上穿得單薄又看似賣弄風騷的舞者，不是良家婦女適合的職業，要她好好操持家務就好，於是她洗盡鉛華，照料先生，服侍年邁的公婆，還要照顧回娘家作月子的小姑，在忙碌料理三餐加上燉煮補品的廚房裡水裡來，火裡去，全然佔據了心思，忙得沒時間想一想先前心中的渴望。

有一天，操持家務的空檔，她無意之間看到窗外的木棉樹，暮春時節掉光了葉片，只剩下光禿的枝枒和滿樹幹的刺瘤，懷想起木棉盛開如火球的燦爛花季，彷彿她的舞蹈生涯與熾熱夢想也像眼前這木棉樹的景象，全都盪然無存，交錯的枯枝割碎了美麗的晴空，無語問蒼天。她問自己應該放棄夢想嗎？內心如灰燼堆裡還依然煨著的火苗，殘存著夢想的餘溫，卻又無力以弱小的肉身抵抗傳統已婚女性三從四德的束縛，在不捨與不平的命盤中擺盪後，只好轉念當個愚婦，裝傻或順命，日子好過些。但那不時出現在眼前矗立的木棉樹，卻總是逃不過自己刻意閃躲的目光，撞擊她外在結痂卻內在化膿的傷痛，年年不經意看著木棉花有時一樹青綠、有時一身光禿枝枒，有時滿樹橙紅花開，或是隨著盛大鮮橙的花影暗淡下來，接續的蒴果成熟乾裂，釋出的細柔棉毛隨著輕狂的春風起舞，漫天翻飛，如同她綿綿密密的想望，撩起她的思緒，騷動她癢癢的心，想著自己的舞蹈夢也如那飄忽的白色棉絮，在一季季的春雨中消溶不見，而她也已悄悄的白了髮絲。

多年歲月過去，公婆辭世、孩子也已長大離家，春天又再次來到，悠閒的她如往常一樣看著窗外的木棉樹，這才猛然發覺：原來葉片落盡後的時節，才是木棉花盛開的光景，她看著光禿枝枒上墨綠色的木棉花苞，瘦骨嶙峋的枝幹正努力迸開朵朵奮力綻放的光燦花朵，舞一樹春風，像是提醒著她不該將日子走成單調的足音，應該持續歌詠生命的舞步，如同高聳的木棉樹總也挺直了枝幹，決意開出光燦花朵的堅持，她也彷彿看見熟悉卻遙遠的舞台，聚光燈亮起，熠熠生輝。

於是，她掰起手指細數走過的歲月，穿起舞衣召喚身體曾經的舞蹈記憶，奮力扭動著身軀，如同努力開啟還來不及品嚐就被婚姻宿命查封的糖罐，在光陰的蠶食鯨吞裡扭動生命的機轉，再讓大家看見她被封緘已久的絕代風華，雖然青春不在，但卻換來歲月淬鍊的風韻，她的腦海中浮現枯枝上激迸的橙紅橘黃的木棉花，在日暮時分的晚霞映照裡更加光采亮麗，想到木棉花開前漫長的綠葉期與接續的嶙峋枝枒，她也將一路崎嶇生涯的阻力化為創作的養份，以笑容的弧度抵抗地心引力對垂暮女人致命的鬆弛斲傷，了無遺憾地綻放了自我的美麗，因為她相信：不論花朵還是女人，最美的容顏在於即將凋謝的時刻，因為確定已經綻放自我美麗的極致！

園丁語錄

Gardener's Notebook

木棉，原生於印度的落葉喬木，每年初春葉片落盡後，光禿枝枒長出一個個墨綠色的花苞，綻放朱橙色五瓣肉質大花，4、5 月間蒴果成熟乾裂後，釋出帶種子的輕盈棉毛，隨風翻飛。

- 別　名：攀枝花、烽火花、英雄樹、班芝花
- 花　語：珍惜
- 花　期：2 月至 4 月
- 花環境：常見於公路、公園、分隔島上，台灣各地可見，大多作為行道樹，中南部山野也有野生種分布。春季時，滿樹火紅，引人注目，花芽及花可供食用及藥用。典型的風媒植物，以棉毛隨風傳播種子，種子落地後，不久即冒出小苗，或可播種繁殖，適合日照充足、排水良好的環境，5 到 6 年成木開花。

白鶴芋

靈魂的出口

純白的鶴形花朵
在綠葉中傲然挺起一身孤子
高昂著頭
振翅待飛
尋找靈魂的出口

她愛他，卻不敢貿然走入婚姻，因為她看到許多女人原本是一隻自在翱翔的五彩鳳凰，婚後卻一個個成為被關在籠子裡豢養的老母雞。

「嫁給我吧！妳可以是一隻鶴！」男人深情款款地對她說。

她也知道這個男人深愛她，願意給她如閒雲野鶴的生活，不要她成為傳統婚姻裡的黃臉婆，她了然男人的心意，油然生起鶴立雞群的滿足，和他結了婚。

婚後的生活一如先生的承諾，兩人都是上班族，先生擔起所有的家務，每天下班回家後，煮飯、洗碗兼拖地，包辦所有家務，將家裡打理的井然有序。星期日一早，她正想著忙碌一週的工作後，要和先生享受休閒的時光，先生卻一開口便問道：「妳有哪些衣服要洗？」於是，她的大好時光便因此葬送了，或是因為先生閒暇時整理的各大百貨公司、超市的廣告促銷單，依照井然有序的「打折圖鑑」與效期，邀她一起去大賣場採購，像個精打細算的主婦，買個東西挑三揀四，還要打折特價才能買，生活中最大的樂趣也總是搶到便宜而沾沾自喜，也總會提醒她哪家百貨公司周年慶或大拍賣，在一堆女人堆中幫她挑選衣服，等她試穿好，還仔細檢查袖口、裙擺有沒有瑕疵，又來一番殺價，櫃姐們往往因為他的好丈夫行徑而深受感動，接受了他的殺價要求，然後以羡慕的眼神和口吻對她說：「妳先生好體貼，妳好幸福喔！」

這樣的讚賞她聽了不下數百回，先生也因而得意洋洋，更是成天跟前跟後的，不斷修正她做事的方式，偶而插手家務的她，也總被先生嫌東嫌西，例如：拿起洗衣籃洗衣去，背後靈就會突然出現，嘮嘮叨叨地說她洗衣粉用量太多，讓他洗就好；同樣的也與她在廚房搶菜刀、決定菜色，說她切得太小或太大塊，然後命令她說：「妳到客廳看電視去！」

她常常反問自己幸福嗎？先生實現了讓她成為閒雲野鶴的承諾，家事一手攬起，忙裡忙外，端坐在家無所事事的她卻感到空虛，更在意先生對她凡事不滿意的神情，沒做家事卻找不到自我價值的她更覺得疲累，別人眼中被先生寵著的她是個前世修來福報的好命女子，可是卻沒有人理解她失去自主權的悲哀。

逐漸的，先生更名正言順的侵入她的空間，所有物件都被先生重新擺放在他認定的位置上，例如：他喜歡為她整理皮包，往往她慌慌張張遍尋不著既定的物件時，先生就會氣定神閒地從她的皮包裡拿出來，還很威嚴慎重地告訴她：「還好是我整理過了，不然就找不到了，以後東西要放好。」漸漸的，她發現生活裡大多的時間都在尋找被移動位置後的遺失物品，生活嚴重失衡，生活行板全被打亂，身心靈嚴重錯位，最後連自己在哪裡也找不到了。處處呵護她、寵她的先生嚴重剝奪了她任運生活的自由，如同那洗臉槽裡先生遺留的瑣細鬍渣，讓她渾身刺刺癢癢的，總也不舒心。

丈夫繼續營造他堅不可破的堡壘，守護著她這個公主，她卻活在週遭對這場婚姻的羨慕眼光中苦不堪言，一群女人聚在一起，說起自己的先生懶散與邋遢、不做家事，說是父權社會的傳統產物，紛紛羨慕她有個新好男人，而她彷彿穿的一雙絲襪在不顯眼處破了一個洞，外人看不見，無礙觀瞻，自己心裡卻是充滿疙瘩。

家裡的白鶴芋開了花，在綠葉中傲然挺起一身孤孑輕盈的軀幹，張著純白的鶴形花朵，高昂著頭，振翅待飛，她想到之前閒雲野鶴的婚姻想望，但現在的自己卻是一隻自斷羽翼的鶴。

有一天，她發現先生的一張老照片，公公一臉威嚴，正襟危坐，有著傳統男性睥睨一切的神氣，在照片的角落裡，婆婆正溫順地在廚房作飯，還是小孩的先生緊緊拉住婆婆的衣角，卻以一臉崇拜的表情看著他那在客廳裡的威權父親。她才瞭解這個「新好男人」的先生，從小景仰父親卻畏懼不敢親近，所以習於在母親身邊跟前跟後，但骨子裡依然是掌握一家大權的大男人靈魂，連傳統大男人沒關注的廚房以及家中所有勢力範圍也全都一手掌控，而她這個不想操勞家務的新好女人，就節節敗退，被剝奪了廚房及家裡一切的自主權，甚至連自己也失守了。

逐漸地，她的白鶴芋開了一朵一朵的花，像幻化的白鶴結伴棲息，與她有種雙目凝視的會心，但這樣的心情只能自己獨賞，先生只能與她共宿，卻無法雙飛，她突然明白：那個承諾她成為一隻鶴的男人，給的不過是養鶴場與人工飼料。

於是，她決定要如同這白鶴芋一樣，以一種超然與豁達的飛翔姿態，睥睨紅塵俗世，為自己爭取在這屋子裡采風迎日的自由，不再棲息於先生掌控的牢籠裡自怨自艾，先從一個屬於自己的房間開始，在那裡找回自己隱藏的翅膀，想像自我想望的生命姿勢，從自己的靈魂出口起飛，在抑鬱生活之上御風飛行。

園丁語錄

Gardener's Notebook

白鶴芋，原產於南美洲，多年生草本植物，葉片濃綠茂密，花朵似白鶴翹首，因為容易栽培，花形別具特色，成為受歡迎的室內植物。

- 別　名：白掌、苞葉芋
- 花　語：事業有成、一帆風順
- 花　期：春末夏初
- 花環境：適合栽植於室內明亮處或是室外遮陰處，性喜潮濕，水份供應需充足，需要排水良好、疏鬆的土壤，夏季注意防曬保濕，避免乾燥及強風，春季時可以分株，將大叢植株每 2、3 芽帶根分開即可繁殖，花期前先剪去部分葉片，可讓花開得既多且大。

火鶴

女強人日記

紅豔奪目的心形花苞昂首睥睨眾生
以一股鋼猛之姿耀武揚威
花穗裡努力攢簇的小花
獨自品嘗孤寂與失落

黃昏時分，她走出辦公室，匆匆開著車子到保姆處接小孩，拖著一身疲憊回到家，一進門，顧不得早上匆匆出門沒空整理的一屋子凌亂，趕緊換下高雅的套裝，走入廚房，切切洗洗煮煮，孩子一直喊餓，她在手忙腳亂中與時間競走，爭取最高的效率！

白天上班的壓力還如餘震在心中擺盪，讓她依然處於昏眩狀態中，但即將來臨的黑夜預告著另一波煩亂的開始，她在轟隆的抽油煙機聲音裡繼續盤算著白天未完成的管銷成本預算，隨即小孩的哭鬧聲從客廳竄出，她只好又回到麻煩的現實來，衝入客廳，見牛奶嘩啦漫漶整個茶几，小傢伙手拿餅乾又抓著玩具，邊哭邊不安份的四處遊走，小臉蛋、地板、衣服到處黏答答，一看到媽媽，又是一陣眼淚鼻涕齊下，溼溼乾乾全黏在一起，趴向她的懷裡溫存找慰藉。

她望著滿室的髒亂和全身沾滿孩子涕淚的自己，在這浩劫裡收拾殘局，如同即將引爆的瓦斯桶，這時卻想到前夫常常掛在嘴邊的叨唸：這種日子是妳自己選擇的。

婚後，她不斷問自己：為什麼女人就該隱姓埋名、吞忍隱藏自己的才華？她堅決要將傳統母職與現代女性的自我實現一併攬上身，當一個好母親、好妻子，也不放棄能夠發光發熱的自己，如同家裡這一盆昂首睥睨群倫，花與葉都泛著光彩的火鶴花。

於是，她的每一天總是在家庭與事業兩邊拔河之間展開序幕，她必須儲備取之不盡、用之不絕的強盛體力與熱情，像是家裡的火鶴花，愛心型的花苞欣然昂首，剛柔並濟，在職場裡一爭長短、揚眉吐氣，待華燈初上時，與她一樣在商場爭霸的男人下班後，不管回家或在外應酬，總有人服侍，而她拖著一身疲累，在外叱吒風雲，回家後還得侍候這個家。她必須在進門前深吸一口氣，才能忍受好手好腳的丈夫陷在沙發裡打盹，頤指氣使抱怨她的晚歸，將全家空腹的災難全歸咎於她，她要成為不向傳統低頭的時代新女性，卻只能成為別人交相指責的「美麗壞女人」。

一場場家庭戰爭隨勢而起，在外鋒芒畢露的她，與先生的相處成為一種森冷的局勢，言語間帶著火苗，一觸即釀成災，先生將她堅持活得振奮神采的人生說是她目中無人的高張氣焰，而她也如同火鶴一樣孤傲自持，一手接收了女人的成長證書，同時也一手接收了離婚證書。

此時，她默默收拾著客廳零亂的殘局，抬頭看見火鶴花還兀自高高直立的孤獨花梗，厚質的花苞與光亮的葉片依舊以飽滿的氣勢睥睨週遭，氣宇軒昂。心中不禁湧起一股悲涼，她問自己：難道發光發熱是女人的罪惡？與鮮紅沸騰如火焰的火鶴花沉默的對質後，她才發現朵朵小花用心生長攢簇的花穗，被火鶴花的紅豔奪目掩蓋了光采，如同每個人只認定她火熾的野心與光彩，卻忽略她一點一點攢積如小花的努力，徒留內心的孤寂與失落。

她想起婚前，先生含情脈脈對她說：「我會給妳最好的！」離婚時卻說：「妳能幹！要什麼都可以自己賺！」她流淌一地心血，映照著燈光下火鶴花的斑駁紅影，竟顯得怵目驚心，卻也只能自己來擦拭。

園丁語錄

Gardener's Notebook

火鶴，原生於哥倫比亞及美洲熱帶雨林，多年生植物，葉片濃綠有亮澤，火鶴花的「花」由花梗、明亮蠟質光澤的心形苞片及肉穗花序組成，花莖長長細細如鶴腳，花期長，形、色豐富多彩，無論切花、盆栽或是庭院栽培均適宜，是觀葉又可觀花的植物。

- 別　名：紅掌、火燭、花燭
- 花　語：關懷、熱情、大展宏圖
- 花　期：春季至秋季
- 花環境：可播種繁殖，等待發芽出苗，或於花期前以分株法繁殖，性喜溫暖、半陰的環境，忌陽光直射或寒冷的環境，光照不足火鶴花不易開花或少開花，但陽光直射會引起灼葉的現象，所以明亮的室內很適合火鶴的生長。宜疏鬆而排水良好的砂質土，生長旺季及花期水分需求較多，要保持土讓濕潤，但避免土壤積水。

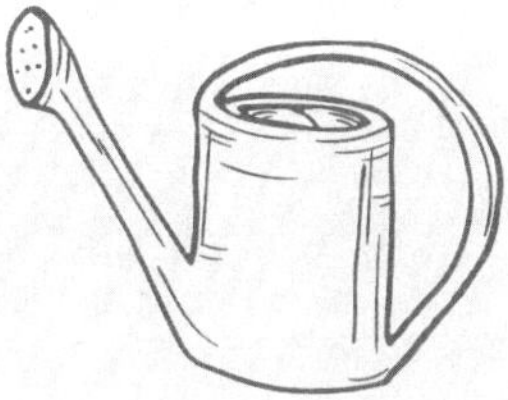

馬纓丹

主婦物語

十餘朵小花簇擁成一朵花的完形
一身五彩繽紛的妍彩盛裝
在陽光下招蜂引蝶
蜂飛蝶舞不斷
卻也只是過客

夏日時節，五彩繽紛的馬纓丹在路旁盛開著，她同樣一身斑斕盛裝，匆匆從花叢經過。

許久未曾如此精心打扮與步履輕盈了。曾經是校園裡光彩亮麗如彩蝶的她，大學畢業後卻不知道自己能做什麼、想做什麼，為逃避現實，很快的就找個人嫁了，結婚生子，順勢在家帶小孩。幼兒需要全天候照顧，她難得單獨出門。幾天前，收到昔日同學的喜帖，家庭主婦精打細算，決定獨自參加婚禮，不攜家帶眷，以節省禮金開銷，接著就在一堆懷舊服飾裡挑三揀四，與鏡中長久忽略的容貌重建交情，日常在小孩吃喝拉撒中度過，將時間填滿就過了，沒有什麼是屬於自己的，許久沒打扮、沒添裝，一頭亂髮終日隨手拿個鯊魚夾子夾著，魚尾紋從汗水中游出來，她這才驚覺自己的蒼老憔悴，不得不作個死命的搏鬥，拿起塵封已久的胭脂蜜粉，卻不知道該從何妝點起，不好意思太招遙，刻意顯得無心，但生疏的化妝技巧塗塗抹抹卻欲振乏力，一再粉飾太平卻欲蓋彌彰，一層一層的厚粉容顏，如同等著粉墨登場的戲子。

婚宴會場喧騰的熱鬧與她睽違已久，座上賓客各自在生活職場打拼，憑藉著歲月歷練的機巧，靈敏拍擊著戲謔的語珠來回飛旋，而她直白鈍化的腦子轉不來那些機趣的辭鋒，老是失誤漏接，臉上粉妝如面具，僵化著許久不曾刻意的笑容，一身精心挑選的鮮豔色彩在想要消失的此刻，更顯得刺目。她坐立難安，久未穿高跟鞋的腳開始隱隱作痛，渾身上下裡裡外外與這環境格格不入。

他帶著淺笑，在她身邊的空位坐下，俊挺的鼻樑將輪廓鮮明的五官撐了起來，她偷偷打量他，正巧迎向少女漫畫裡男主角如星星夜空的深邃眼眸。他禮貌地為她倒了一杯紅酒，邀她共飲，醇酒音樂佳餚助興下，久違的自己彷彿從漆黑的幕後出場，彷佛擺起昂首的舞姿，拉起紅色裙襬，自信油然而生，一副準備跳起佛朗明哥舞的姿態，酒酣耳熱之際，他們斷斷續續聊起來了，話語漸漸熱絡，開始有來有往，應和著佛朗明哥雙人舞由慢漸快的響板節奏，看在她眼裡的挑撥眼神，引領她奔放、熱切的笑語，似乎穿透生活那堵厚厚的牆，帶她回到昔日青春情愛的時空裡。

突然，舊友走來，在她身旁搜尋著，開口問道：「妳先生和小孩呢？」正陶醉在兩人熱舞世界的她頓時如置身失火的天堂裡，倉皇失措，在火光與煙硝裡，只剩下面目全非的自己，他禮貌地起身讓座離開，眼前煙霧漸散，再次看清景物時，一場夢幻雙人舞也已結束，喜宴的五彩繽紛在她眼裡如火場廢墟，她突然覺得缺氧，需要呼吸一下新鮮的空氣，遂走出婚宴現場外，陽光異常耀眼，她茫然前行，又想到自己沒有告別就離開，實在太失態了，既而又灑脫一笑，誰又在乎她呢？

路旁五彩繽紛的馬纓丹在陽光下開得燦爛，來來往往的行人匆促來回，全然漠視這花的存在，對街花店裡一朵朵插在玻璃瓶中被小心呵護的各式切花高貴優雅，一名男子手捧花束，從店裡走出來，向馬纓丹花叢走來，她怦然心跳，卻見那男子朝著她旁邊站著的妙齡女子而去，兩人親密相偎，留下濃妝豔抹的她與色彩鮮艷的馬纓丹相覷嘲笑，她突然發現一朵馬纓丹其實是十餘朵小花簇擁而成的花形，如同自己是丈夫、小孩、還有身旁家人一起構築的生命共同體，以依附的繁雜人事決定生活的悲喜禍福，才驚覺自己不再是男子手中花束裡簇擁的花海，卻像是路邊的這叢馬纓丹，孤寂感油然升起，想到她平日寸步不離的小孩，又想到那天帶小孩去診所看病時，一群簡衣散髮、面容憔悴、憂心忡忡的堅強母者。她又看了一眼這耐抗惡劣環境的馬纓丹，或許能以鮮豔的姿色招蜂引蝶，蜂飛蝶舞終日不斷，卻也只是過客。

園丁語錄

馬纓丹，原生於美洲熱帶，多年生蔓性灌木，一朵馬纓丹為數十朵小花簇擁而成的個體，具誘蝶功力，是野外最常見的蜜源植物。常見為霞紅色品種，但花色繁多，有純白、純黃、粉紅或紅、桃、白、黃、紫五彩混和的繽紛姿彩，有刺激異味，耐旱、生命力強。

- 別　名：五色梅、七變花、臭金鳳
- 花　語：家庭和睦
- 花　期：全年
- 花環境：多年生草本植物，耐旱易繁植，喜好日曬。平地、海邊、山野到處可見，春秋二季以播種繁殖，也可於初春擇 1、2 年生約 15 公分的枝條插枝繁殖，夏季即成繽紛花海，台灣南部天氣較炎熱，一年四季皆可見到馬纓丹燦爛的姿彩。

桂花

宿命之一

乳白嬌嫩的小花
藏於粗枒厚葉間
幽幽香氣暗中盤據所有的時空
花與葉的一體兩面
如女人或婉約、或粗獷
隨宿命翻飛的生活課題

桂花生在幽幽飄著桂花香氣的夜裡，因此被取名叫「桂花」。

桂花的家在當地無人不曉，車站前望去，無邊無際的田園都是她家的產業，腳底一踩，就是她家的地。桂花在金堆銀堆中長大，她的美，也在一股貴氣，圓圓的臉和臀，少而細的髮絲，白白嫩嫩的肌膚，厚拙樸實的鼻翼，小巧的嘴，沒有哀怨可說，狹長的單眼皮瞇成縫，彷彿世間紛擾都不見，不用算命道來，大家就知道這女孩好命。

桂花的生活也如同她的相貌一樣福喜，沒有生活的稜角可碰撞。在物質缺乏的時代，別的女孩田裡睡、草裡蹲，她在紅木大床、奶母懷裡躺；別的女孩忙劈材、灶前起火煮飯忙，她卻悠哉悠哉在後院抓蝴蝶、摘桂花；別的女孩粗布麵粉袋身上搭，她卻蠶絲綢緞精細選花樣，如同別的菜蔬只能配飯、撐飽肚子，而桂花卻能做桂花醬，煮酒釀桂花湯圓，是有錢人家的精緻點心，甜滋滋的一身貴氣。

桂花二八年華時，那一身嬌貴，比起其他在灶灰、田裡泥巴裡長大的女孩，自是多了幾分媚態，上門求媒者不斷，父母為她挑了財富不相上下的鄰鎮人家，嫁妝一牛車，將桂花風風光光的嫁過去，桂花穿金帶銀，手鐲圈到手肘上，項鍊圍得頸子都不見，衣袋裡裝著桂花沉香屑，金光閃閃出閣了，當挺拔的新郎出現在新娘家門前時，直讓桂花人前人後都光采。

在蕃薯籤度日的年代裡，桂花的夫家卻有佃農繳來豐盛的白米開米店，白米如金玉，讓初為人婦的桂花當起茶來伸手飯來張口的少奶奶，像一朵甜悶悶的桂花悠閒依附在大枝幹的庇護下，沒事和風捉迷藏，晃蕩一身香氣。

幾年後，經濟起飛，工廠逐漸林立，桂花的丈夫雄心勃勃，不願當土氣的田僑，也想當工廠大亨，他從小沒餓過，不曉得世間冷暖，毫不考慮就將田地全部賣光，開起磚窯工廠，請了數十名工人，風風光光當起大老闆來，老闆自有老闆的排場，穿起西裝，頭梳得油亮，吃喝玩樂應酬排場樣樣上道。

當磚窯第一縷煙在天空篡起，卻也改變桂花的命。做生意與人交陪，比靠老天吃飯的農事還更需操心，丈夫在外應酬，整天不見人影，工人、商人找上門來，桂花只好走出深閨，出面張羅，初次與日子的難處交會；丈夫好大喜功，在外信口開河，無一不答應，擺足了面子，卻也從不善後，桂花暗地叫苦，也只好咬著牙填充裡子，平日在龐大的開銷處定奪，嚴斥偷工減料的材料商，為趕時限熬夜監督趕工，檢視磚塊的品質，親自和工人挑磚擔，必要時連嫁粧也要暫時典當，以維持商家起碼的信譽。

沒有田地就沒有以前送來的白米，工廠賣出去的磚瓦換回一張張等期限的銀票，不能當飯吃，她只好將屋後的花園闢成菜圃，硬是在堅實的土塊堆中闢出一方綠油油的菜圃，另一角落還可以利用菜屑養豬，菜多了吃不完，還能擔出去賣，她與一群粗野大嗓門的農婦雜處、么喝生意，竟也無人記起她是出生豪門細皮嫩肉的少奶奶，就這樣生活在斤兩處計較，在魚肉葷腥味充斥的市集裡。市井小民忙糊口，不識空氣中瀰漫的桂花香，也沒有閒情探尋香味的來源，她如同後院那株桂花樹，主幹逐漸變粗，葉片厚實，逐漸掩蓋雪白嬌嫩的桂花存在。

桂花拋頭露面田裡蹲、市集站的消息順著曲折的閒語甬道拐彎抹角傳回娘家了，疼愛她的父親無奈地搖頭說：「查某人啊！油麻菜籽命。」但左思右想後，還是差遣司機開著家裡的黃包車，將桂花載回家中休息幾天。

桂花風風光光坐上黃包車回家，卸下一身耕作粗服，戴上珠飾，綾羅綢緞，梳妝巧扮，胭脂白粉暫時填補她因日曬火烤坑坑洞洞的皮膚，還她久違的大小姐貴氣，斜倚繡帳，品嘗婢女端來的銀耳桂花粥，聞著窗外飄來的陣陣桂花香，閒散如一絲遊魂，把一身繃得緊緊的里肌肉交給娘家，再養成肥軟的五花肉。

桂花床上躺、臥房歇的日子無法持久，父母還是認為出嫁女兒不宜久居娘家，載著滿滿一車吃食、珍饈，還有桂花這些天閒來無事繡的桂花香包，依依不捨將桂花送回去。

回家後的桂花可又沒有安安份份坐享清福的命，她立即如失足翻落爛泥堆的仙女，不像在雲堆裡飄飄然享清福，卻必須和現實搏鬥，挽救根本的立足之地，員工薪水待發，貨要趕工，桂花磚窯蹲、菜園豬圈裡作粗活，還要費盡心思撐門面，讓所有的奸商不敢佔她的便宜，欺負她這個婦道人家，大家悄悄耳語說桂花如同屋後那株桂花樹，幽幽香氣暗中佔據所有的空間，卻無人留意，一旦有人耍心機、定神算計時，就會聞到桂花的味道，一轉身，大大一株桂花樹定定守著，讓人總也不敢造次。

娘家還是常常接桂花回家喘口氣，她如同灰姑娘，拍拍身上的塵埃，讓黃包車帶離勞頓所在，飛奔繁華郁麗的境地悠遊，時限一到，又回歸一身塵埃的村婦，有時娘家還偷偷派長工來幫她挽菜、施肥、除草，卻又不敢明目張膽，嫁出去的女兒如潑出去的水啊！怕人閒話娘家干預或女兒嬌生慣養，這批幫手悄悄來去，無聲無息，更像極了童話世界中的小精靈，偷偷幫嬌貴的落難公主輕悄完成所有的勞動，減輕桂花不少負擔。

桂花的日子就在娘家夫家兩端來回如蹺蹺板，一邊雲端一邊泥裡，有時錦衣玉食，有時粗衣淡飯，只是灰姑娘的結局幸福美滿，而她的丈夫卻不是愛情忠貞的白馬王子，總是沾惹一身脂粉味回家，時尚流行的明星花露水香氣霸佔丈夫的懷抱，還誇張地滿室飛舞，屋外的桂花理所當然黯然失香，屋內的桂花也只能搖頭偷偷嘆氣。

今夜，丈夫如往常不見蹤影，桂花忙完一天的粗活，捏著一身磚窯廠、烈日薰烤的粗糙肌膚，哼著小調，嘗著娘家長工帶來的蜜餞，突然熟悉的桂花香味尋來，她心中暗自盤算著：什麼時候娘家才會再來接她回家小憩？

園丁語錄

Gardener's Notebook

桂花，原生於亞洲喜馬拉雅山地區，常綠灌木或小喬木，花小、常見淡雅乳白色，亦有黃、橙紅等變種顏色，稱為金桂或丹桂。橢圓形而末稍尖，葉緣有鋸齒，以花香取勝，可作為天然香料。桂花茶、桂花糕、桂花釀等桂花製品，頗受大眾喜愛。

- 別　名：九里香、岩桂、月桂
- 花　語：收穫、吉祥、永伴佳人
- 花　期：盛花期在 9 月至 10 月
- 花環境：常見於庭園栽種植栽，取富貴臨門之意，喜歡溫暖環境，適合稍潮濕而排水良好的壤土，多半以插枝法為最簡便的繁殖法。山野、郊外也常見桂花樹。

矮牽牛

宿命之二

紅藍紫白各色花朵為春天上妝
蔓延的枝枒悄悄牽著春日的暖意
繁衍五彩繽紛的美麗

初春時節，矮牽牛紅藍紫白各色花朵如往年一樣，又為春天上妝，蔓延的枝枒悄悄牽著春日的暖意，繁衍著五彩繽紛的美麗。

小鎮裡有一道栽滿矮牽牛的花牆，一邊是豪華洋房，一邊卻是暫時聊蔽風雨的破屋子，矮牽牛自有其雅俗共賞的特色，認真怒放，從不辜負生養的土地，總是卯足全力開了滿滿的花，讓富貴人家平添榮華之氣，同時卻也好生好養，彰顯上蒼好生之德，出入蓬門毫宅，克盡本份。

她從花海中走出來，合身剪裁的雪紡紗粉色春裝，精緻的水漾粉妝，一絲不苟梳起的貴婦包頭，旁人從這裝扮即可解讀她出自那一處豪華洋房，但是對她而言，矮牽牛兩邊卻都是她的家，而那破舊的矮屋是她17歲以前的家。

她在破舊的老屋裡出生，從小母親就不斷在她耳邊叨唸著女兒是賠錢貨，為人家養媳婦，她的哥哥偶而還可以啃著肥滋滋的雞腿，她卻永遠只是啃雞腳的那種命，連家裡那隻豢養的母豬都不如。

於是，她每天在家打雜料理，沒什麼人理她，哥哥牽牛吃草、種田，被賦予家庭傳宗接代的責任，她每天過著父母親口中還沒嫁人就還沒開始的人生，在矮牽牛花下凝想：將來她是怎樣的命？耳邊不時傳來街坊女人叨叨唸唸的埋怨碎詞，如同油麻菜籽飄到哪、長到哪，是女人宿命的無奈，嫁了之後也常是命運乖舛，這也如同為她打了一劑預防針，但她心想：「生在窮苦人家，命已經夠壞了！還能再壞嗎？」她望著那一簇簇漏斗形的矮牽牛花，在時間如不斷滴逝的沙漏裡，等待命運牽成她的人生。

在平常的日子裡，她最享受的就是隔壁白洋房裡悄悄穿過矮牽牛花牆飄來的琴聲了，聽著家裡母親大嗓門的漫罵聲，那琴聲是她那時人生唯一的夢幻慰藉，她想到隔壁洋房裡風度翩翩的醫生紳士、慈眉善目的醫師娘，還有一位眉清目秀的小公子。

醫師娘第一次看到她就在矮牽牛花牆下，那時矮牽牛七彩流光映照她的粉嫩容顏，以及天真無辜沒心機的眼神，讓沒有女兒的醫師娘無限憐愛，常常邀她到洋房來，當作小公子的玩伴，在矮牽牛春意盎然的花牆下，也開始她與小公子青梅竹馬的戀情。

時光飛逝，她出落地亭亭玉立，醫師娘認定她就是未來的兒媳婦，當她如童養媳，早就為她安排一系列的新娘課程，並要她跟在身邊學習上流社會的禮儀交際，陪公子讀書，她在十七歲那年風風光光嫁給了小公子，當個名正言順的少奶奶，養個白白胖胖的娃娃，過她也是宿命的富貴人生。

每當她聽到花牆外一群女人悲嘆油麻菜籽命的悲情，她想著愛她的先生、疼惜她的公婆，可愛的一對兒女，不禁調侃自己是矮牽牛的命，命中註定被牽到夫家，繁衍這一處的花團錦簇。

園丁語錄

Gardener's Notebook

矮牽牛，原產於阿根廷，一年生草本植物，花呈漏斗型，花色豔麗，有紅、藍、白、紫、黃深深淺淺及混色多種顏色。花苞多，花期長，植株矮小，非常適合庭院、陽台植栽。

- 別　名：撞羽朝顏、毽子花、碧冬茄
- 花　語：安心、與你同心
- 花　期：4月至10月
- 花環境：可用播種法，2、3月播種，5至6月即成種苗，或園藝店購買種苗即可繁殖，栽種容易，花季長，性耐寒，宜日照及排水良好的肥沃土壤。

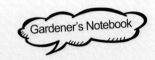

九重葛

怨女獨白

柔韌而千迴百折的糾葛枝枒
抵擋久旱皸裂的貧瘠荒蕪
紅綠交錯掩映
編織成一片錦繡
繁麗疊簇的紅色苞葉波形皺折裡
白色小花隱身其間
被人忽略了她的存在

生鏽的鐵窗裡，一株九重葛蜿蜒著柔韌的枝枒，在上下窗格中穿梭來回，紅綠顏色交錯掩映，編織成一片錦繡。

她搬來這屋子時，就看見九重葛已落腳於此處，在鏽斑處處的鐵窗空隙之間奮力探向窗外的天光。

結婚以後，她以丈夫和小孩為生活重心，全心全意想著家人需要什麼，以傳統的女德花樣，努力編織家庭美滿幸福的錦繡，但卻換來先生在外邊另有溫柔窩的殘酷事實。丈夫理直氣壯的說：「我能有三妻四妾是我的福報，妳會如此，也是上輩子欠我的。」孩子有樣學樣的說：「那是妳自己要做的，不要把妳的可憐和委屈都推託在我們身上。」結婚多年以來，她每日給先生、孩子壓榨的新鮮果汁，卻不知連自己的心血也榨乾了。

於是，她發現這株以糾結遒勁的枝幹和一身利刺抵抗鐵窗磨蝕的九重葛很像自己，努力撐起一片繁榮景象，卻始終得不到情愛的慰藉。想起昨夜與先生的狂吵，先生說她渾身帶刺，難以接近，不像外面的女人溫柔體貼，她心力交瘁，要先生離開她辛苦打理的家，丈夫卻說：「全家只有妳不和我們同姓，要走的人應該是妳吧！」

她無語問蒼天，傷痕累累卻連傷口都不知道如何包紮，鐵窗裡的九重葛蜿蜒著千迴百折的糾葛枝枒，抵擋乾旱皸裂的貧瘠荒蕪，如同她也糾著一顆惶惶、掙扎的心，仔細端詳後，發現那看似繁麗而層層疊簇的紅色花朵其實只是苞葉，白色小花被隱身在紅葉的波形皺折裡，想到一向認定賢妻良母就是女人的幸福樣貌，於是將自我含藏於家庭的庇護裡，如同那被忽略的小花，心中一陣酸楚，望著囚困在鐵窗裡的九重葛，枝幹奮力戮入九重天，她想著小花，想著自己，推開家門，天寬地闊，原來一切盡是自囚！

一步一步走著，逐漸把家裡瑣細的牽掛一一放下，她第一次感到「閒」妻「涼」母的輕鬆與自在，腦子也清醒了不少，隨即發現路旁屋子門前有一株任意伸展姿態的九重葛，不被鐵窗囚禁，在陽光下燦爛耀眼，頓時心頭一陣溫熱，想擁有這株九重葛，算是婚後首次為自己發聲自主的行動，於是，勇敢地按了門鈴。

一位男士前來應門，她禮貌地問道能否買下這株九重葛，男人卻以不解的眼神看著她說：「這九重葛不知是誰的，搬來時已經在這裡了，沒人照料、自生自養，妳要就拿去！」

她哀怨地看了這棵廉價到無價的九重葛，苦笑著：「也是和自己一樣，咬緊牙根的那種命！」

於是，她決心要與這株九重葛相依為命，費力搬動之間，苞葉撲簌掉落，也彷彿搖落了紅色苞葉就是花的假象，以及幸福女人的刻板印象，心想：是不是女人被看待是一首古體詩，在固定的平仄格律裡，尾隨著一定的韻腳？但這不是古詩的年代，為什麼女人卻活不出新詩的歲月？

園 丁 語 錄

Gardener's Notebook

九重葛，原產於南美洲，蔓性常綠灌木，莖上常有利刺，紫、淺紅、深紅、黃、橙、白諸色鮮豔苞葉看起來像是花，是主要被觀賞的部分，真正的花朵在苞片內側裡，呈白色或黃色，三朵叢生，小而不明顯。

- 別　名：三角花、南美紫茉莉
- 花　語：熱情
- 花　期：溫暖地區可長年開花
- 花環境：喜高溫環境，宜種植於陽光充足與排水良好的環境，避免過於潮濕，在春、秋季可以插枝繁殖，適時修剪整枝，可以長出更多色彩豔麗的苞葉。

柚花

柚花巷

黃心白瓣、彼此交纏
花香浮動的青春後
靜靜的在時光中等待結果
就是一生一世了

她看到市場的文旦上市，心想：中秋節又即將來臨了。節慶為她多年來單調的生活增添期待和樂趣，但隨著年紀逐漸增長，看到柚子皺巴巴的表皮，以及像極自己現在渾圓屁股的身形，總會聯想起也步入人生秋季的自己，油然升起陣陣的感傷。

她回顧起自己的一生，也曾經年輕貌美、亭亭玉立，如一朵含苞待放的花，但貧窮的娘家急著將她嫁掉，因為在傳統觀念裡，生女兒就是替別人家養媳婦、養老婆，白白浪費米糧，即使只是多一副碗筷也必須斟酌米缸的深度。

於是，她早早就走入婚姻，忙於家務農活，接著一個個孩子哇哇落地，不用說照鏡子，連洗臉的時間都沒有，就這樣，歲月倏忽而過，如今孩子一一離巢，終於又有時間閒看鏡子裡的自己，但記憶裡光滑的臉蛋卻已像柚子皮一樣粗糙，皺紋密布，留下歲月的足跡。

她想到這些年來，每年中秋節吃柚子，剝了柚子皮讓小孩當帽子戴，或者拿來驅蚊蟲，果肉吃了，子兒種盆栽，連柚子薄薄金黃外層也不放過，一點一點削下來，做成潤喉生津的蜜餞，整顆柚子裡裡外外利用殆盡，也像極了她的人生，但是從青芽直接到柚子，被跳過的花季讓她感到一片虛白，想著這結果前的柚花究竟是何種樣貌，如同哀悼起自己模糊的青春。

隔年初夏，她偶而行經麻豆小鎮，空氣中瀰漫著一股香氣，吸引著她尋香而去，來到一條蜿蜒長巷口，依然暗香浮動，她彷彿化身陶淵明筆下尋找桃花源的武陵人，順著香氣指引而行，忘路之遠近，復前行，巷子裡嬉戲的小孩一臉憨笑，偶而雞鳴犬吠，音聲相聞，再往裡走，巷內兩旁相連著一落落的紅磚牆，牆內盡是一棵棵大樹，中無雜樹，花香迎人，近看時，樹上開滿黃心白瓣的花朵，成串白花掛在綠葉間，彼此在樹上交纏，花香襲人。

她忘神的隨著花影走去，竟逛到一處四合院前，落日餘暉濡煦了這一處紅瓦厝，空蕩蕩的前庭投射長屋的影子，屋簷下坐在藤椅的老婆婆揮著扇子，一邊乘涼，一邊趕蚊蠅，滿臉笑容問她要找誰。她說無意中就走到這花巷來了，老婆婆殷勤招呼：「入來坐啦！喝杯涼的。」

她問起外面的花樹，老太太告知這是柚子樹，等秋意漸濃時，就可以收成了。她疑惑眼前的柚花未有被讚頌的美麗青春，在這裡，季節的功課就寫在等待柚子結果的歲月流轉裡，當陽春三月柚花一綻放，一簇簇白花被賞識的不是花顏，而是鮮黃色的花粉與突起的黃綠色雌蕊，被賦予結果的等待，等著、等著，等到秋節時分滿樹結實纍纍，功德圓滿，她發現這柚花的花瓣看來特別厚實，不同於一般嬌弱的花朵，原來，這花的宿命就是文旦的收成，也就此一生一世了。

老婆婆繼續驕傲地說起這些樹是自家老欉，越老越受推崇，老欉柚子看來不起眼，但行家都知道，老欉柚子果肉纖細，酸甜比例均衡，尤其剛採收的柚子放一陣子以後，等到水氣消除、表皮皺癟時，果肉越是多汁味美，她這才發現：柚花被看重的不在於燦爛花季，而是以青春容顏換取歲月風霜，成就柚子成熟的韻味。

她也彷彿在自己的皺紋裡攤開時間的皺摺，想起光陰流轉的人間情事，從一朵花的悄然綻放到一顆柚子的結果，她的人生也有如走過這柚花巷，走在春華秋實的季節更迭裡，如同她餵養三個子女長大，持守一個遮風避雨的家，逐漸如收成的厚實柚子一樣圓滿福喜。

穿過記憶的長巷，複習走過的人生步履，她撥開那皺褶遍布的乾癟老欉柚子的外皮，細細品味著內裡絕妙的酸甜滋味，這柚花接引練達人情的芬芳。

園丁語錄

Gardener's Notebook

柚花，原生於印度、中南半島，芸香科柑橘屬果樹，嫩枝、葉背、花梗、花萼及子房均被柔毛，葉質頗厚，色濃綠，大約 3 月下旬至 5 月開花，成串的白花像結成球般掛在綠葉間，白色花瓣甚至會反捲，凸顯鮮黃色的花粉與黃綠色雌蕊，有濃郁花香，但主要種植目的為收成果實柚子之用，近年來，柚花因其香氣，也被運用於沐浴乳、洗髮精等原料。

- 別　名：橘花（《廣西中藥志》）
- 花　語：苦澀的愛
- 花　期：3 月下旬至 5 月
- 花環境：生長於海拔 600-1400 公尺的地區，多見於河谷、丘陵、山坡、民居附近，性喜溫暖潮濕，每年春秋雨季時栽培最為適宜。穀雨節氣前後逐漸進入花期，逐漸結成柚子果實。可剪去頂部和側面枝條，讓陽光照射，空氣流通並促進發芽。

蒲公英

遠方

紛飛的絮狀冠毛以風為媒介
朝漸行漸遠的未知飄飛
宣洩一片茫然的迷白
留下伏貼地表而深刻缺痕的葉片
沉默訴說著孤寂與脆弱的真象

暮春的美國印第安那州飄散著蒲公英飛絮，撲上身來癢癢的，有種如過敏一樣的不適反應。

飛來這裡已經五天了，一次次的長途飛行，起飛落地，讓身處異地的她恍恍惚惚的不踏實，如同旋蕩的蒲公英，在風裡飛來飛去，不知身在何處。

她從小在鄉下長大，早已熟悉蒲公英的飛翔，那一群花絮計算著以風為媒介的長程旅行，在空中飛騰，在野地翻滾，更順著潺潺水波逐流，翻山越嶺、跋山涉水，尋覓桃源，她跟著神遊，卻不知道自己也已經觀照了一生的飄泊。

國中畢業前夕，老師來到她陋巷內的家，對著終日酗酒的父親及咬緊牙根默默扛起一家生計的母親說：「這個孩子應該去念台北的高中，和全國最優秀的人才一起競爭，才不會埋沒她的天份！」

父親聽了不以為意，母親考慮整夜後對她說：「像我這種女人是油麻菜籽命，拖磨一輩子，妳應該好好掌握自己的人生，不要像我一樣受苦！」

村裡貼出她金榜題名的紅紙，在村人的恭賀和期許中，她的前途像是等著被捻亮的一盞明燈，她義無反顧的離鄉背井，來到台北，以一襲特殊顏色的校服接受四面八方迎來的羨慕目光，做一名代表窮鄉僻壤的光榮典範。

可是，她沒料到獨自生活也是一門學問，白天大考小考不斷，渾身虛脫，放學後飢腸轆轆，還得盤算著如何以微薄的生活費來餵飽肚子，棲身的簡陋小房隔音不佳，夜裡的麻將聲、夫妻高分貝的叫罵聲也總是不識趣地前來湊熱鬧，干擾她挑燈夜戰的苦讀以及紛亂的思緒，她才發現生活的艱辛絕非崇高的知識殿堂可以完全包庇，想起要她掌握命運的母親，卻悲哀的發現自己的孤絕自主也無法改善粗糙的生命品質！

有一天，她在校園的一角突然發現一叢黃燦燦的蒲公英，她眺望遠方，想起故鄉的鄉野，思索這簇蒲公英的來時路，想到這克服窮山惡水、詭譎蒼狂的環境而存活下來的，無疑是最優秀的，於是她挺直肢幹，學習蒲公英的孤傲骨氣。

三年後，當蒲公英的花絮又已經漫天飛舞，她也隨著聯考分數翻飛，落腳南部一所國立大學，說不上喜歡或厭惡，當她以2b鉛筆在密密麻麻的電腦卡上一格格塗黑時就已經註定，沒有理由拒絕，那也是另一種油麻菜籽命，或是與蒲公英相似的宿命，她依舊隨遇而安，只是離開台北時，望著蒲公英的飛絮，油然升起不知未來的空茫。

爾後大學生涯中，她在校園裡也偶遇不知何處飛來而落腳於此的蒲公英，潛意識裡也已習慣了這種流浪的氛圍，畢業後也沒有執意滯留的理由，在一窩蜂留學熱潮中，她申請到優渥的獎學金，又負笈美國留學，異地對她而言，向來就是熟悉而優異的印記，唯一不同的是，她在這處異鄉結了婚，看似可以安居樂業，卻也又如蒲公英一樣，翻騰在更高遠的時空裡。

丈夫的事業觸角拓展到世界各處，搭著飛機來來去去，她也早已熟習這居無定所的流浪生活，依著孩子與先生的需要，日子在飛機穿梭的國際換日線中碎裂成屑，日子有時倒走，有時前行，可能過了兩個昨日，也可能永遠失去生命中的某一天，白晝與黑夜、在倒數與前進的時差之間分不清過往與未來，也常常將剛換季的冬衣又從櫥櫃翻出，準備從酷暑奔赴異地的寒冬，四季的分野全然失去意義，她與丈夫像空中飛人，在地球蕩過來，擺過去，而她也只能接受這種命定的方程式，過著以四海為家的生活，如同蒲公英花絮一樣，朝著未知紛飛而去，隨風旋成一團迷白。

此刻，兒子也如當年的她一樣，即將遠行求學，她收拾著兒子的行李，漫天的蒲公英飛絮撩撥她的離愁，她卻分不清生命中長途跋涉的離合目的是追求超越的修道苦旅？實現自我的希望遠遊？還是迷惘倉皇的流浪飄泊？

她不經意撩撥髮絲上漫天飛舞的蒲公英飛絮，卻發現撥弄不掉憂煩髮叢中的一抹蒼白，才驚覺自己的青春已經隨著歲月悄悄逝去，如那枚在清晨遲疑未褪的天邊殘月，混淆不規律的黑夜與白晝也如牆上日曆不規則的撕痕，倉促著過不全完整的一天。想到自己光榮的離鄉、母親的眼淚，此時蒲公英的黃燦，對照著她外在的華麗生活與內心的虛白心情，她望向窗外一向不熟悉的景色，發現地上殘留著蒲公英伏貼地表而深刻缺痕的葉片，花絮飛走後，訴說著孤寂與脆弱的真象。

然後，她以一種母者的心情，驀然發現拒絕遠遊的一朵蒲公英，閒閒萎落在黃昏的暮色裡。

園丁語錄

Gardener's Notebook

蒲公英，原生於歐亞大陸，後來引進美洲和澳大利亞，多年生草本野生植物，可做藥草食用。葉片邊緣呈裂狀，開黃色花朵。果實成熟之後，形似一白色絨球，含許多先端帶冠毛的瘦果，帶著種子隨風飄到新的地方孕育新生命，此紛飛的棉絮狀冠毛是其特徵。

- 別　名：蒲公草、黃花地丁
- 花　語：無法挽留的愛、自信勇敢
- 花　期：4至9月
- 花環境：具備惡劣環境的適應性，常自生於花圃、路旁，伏貼於地表的簇生葉片耐踐踏、避寒風，以隨風飛散的白色冠毛四處漂泊，展現驚人的繁殖力。

阿勃勒

黃金雨

一陣微風拂過
鮮黃的花瓣細細灑落
陽光與花瓣共舞
下起了閃亮的黃金雨
也正如她的黃金歲月與燦爛時光的對話

她在這條阿勃勒花樹旁的咖啡館歇息。

看著窗外樹上盛開的豐美花串，一朵接連一朵綻放的黃花映襯著陽光，一片金黃燦亮的風景。

一群少女呼嘯而過，伴隨著陣陣拔尖的清脆笑聲，多麼飛揚的青春啊！

已經遲暮之年的她也悠悠想起她的黃金歲月，自己的青春串起的日子。

那一年，考上大學的她離開了家，莫名落腳在陌生的城市，終於可以留長的頭髮，不再整天與考卷為伍的日子，有她愛的與愛她的男生，演繹著如同阿勃勒鮮黃彩繪的青春，後來，她選擇其中一位男生，走入婚姻，這愛情的豪賭逐漸延展歲月裡對位的人生地圖。

一陣微風拂過，鮮黃的花瓣細細灑落，陽光與花瓣共舞，下起了閃亮的黃金雨，也正如她的黃金歲月與燦爛時光的對話，想起自己解鎖母親宿命年代的悲情人生，爭取自主選擇人生的權利，如同阿勃勒花一樣燦亮的笑臉、亮麗的身影，她以青春為籌碼，近乎跋扈的為自己的人生下注，恣意的任性而為，日子在退退進進走走停停之間，也如鮮黃阿勃勒花雨翻飛的壯烈，在人生的淚笑風華裡，一轉眼就半生了。

她不禁走出戶外，往阿勃勒燦爛的風景走去，在這條彷彿寫滿青春紀事的花徑上，歲月如詩，想起了美國詩人羅伯．佛洛斯特（Robert Frost）的詩句：

黃樹林裡有兩條岔路
很遺憾我不能兩者都涉足
我獨自佇立良久
極目眺望其中一條路的盡頭
直到它轉彎消失在樹林深處……

若她在哪個環節做了不一樣的選擇，是不是就有了不一樣的人生？但什麼又是她想要的人生呢？

熱熱鬧鬧的花季尾聲，遲暮的女人也如夏末的阿勃勒花，一半還倔強著留在樹梢，如彎成勾狀的花絲，仍不捨的依戀，演奏著夏日安可曲，一半已輕輕飄落，感嘆時不我予，彷彿人生的許多不能與不為，「不能」是生命的缺憾，譬如無法抵抗地心引力與歲月在身上的斲傷，下垂的眼瞼與滿臉的皺紋即是她在時間裡節節敗退的證據，「不為」是生命的辜負，譬如揮霍著日子，將就著過，還待整裝時，卻已物換星移。

她又想到佛洛斯特的另一詩句：「黃金時光不久留。」

她看著花瓣繼續飄落，在飄飛的花雨裡，看到樹上已長出果莢了，那成串的青春終於成為一條褐黑色的果莢，長棍狀的形狀如教鞭，彷彿教誨著她這歲月的功課。這時她也發現這仍在樹梢的阿勃勒花朵不只鮮黃的豔麗外貌，還有淺黃濡白等濃淡不一的姿色，想起在人生之秋的自己，也如這淡而有味的風韻，突然之間，她想起曾經的情愛迷惘與人生疑惑，在時間的淬鍊裡越來越清朗，初心尋來、禁不起的考驗逐漸現出原形，這樣的澄澈淡定，也是另一式的老來可喜了。

於是，她讀著阿勃勒的歲時日記，時光悄悄流過一些美好的人事物，這濡白淺黃的恬淡風雅，也正是花季即將結束前，此時美麗的風景。

金黃花瓣繼續在風中飛舞灑落，也翻飛過她二十三十四十五十的人生篇章，來到此時清朗的自己，在行進之間，她悄悄祈願著：

我的步履款款，但願時光緩緩……

園丁語錄

阿勃勒為梵語 āragvadha 之音譯，原生於喜馬拉雅山，後來被廣泛在熱帶及亞熱帶地區種植，豆科蘇木亞科的落葉性大喬木，樹身可長至 10 至 20 米高，生長迅速。

偶數羽狀複葉，盛花期可見一串串的黃花，花絲彎成勾狀，花串隨風搖曳時，花瓣如雨落，所以又名「黃金雨」。花落後結出由綠轉黑褐色的長圓棍形莢果，可長至二尺。因其黃色的花瓣象徵皇室的顏色，也被選為泰國的國花。

- 別　名：英語 golden shower 譯作黃金雨、金急雨，又稱波斯皂莢、婆羅門皂莢、臘腸樹、豬腸豆、南蠻皂莢、長果子樹、牛角樹
- 花　語：生命就該浪費在美好的事物上
- 花　期：5 月
- 花環境：可用扦插或播種法，秋季播種，種子可先浸泡兩晝夜，再洗掉表面透明薄膜，可促進發芽。喜日照及排水良好的砂質土。

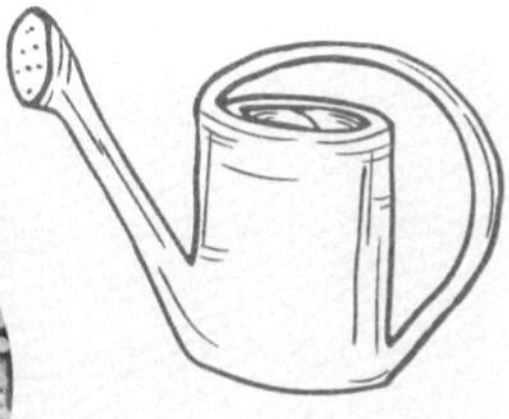

百合

已婚女人的名字

愛情如純潔百合花
不惹塵埃
婚姻如層疊交合的百合鱗片球莖
是環環相扣的瑣細世相
愛情談的是心情
婚姻論的是人情
已婚的成功女人
名字一律叫「百合」

那晚，他送給她一束百合，說她像極了這清新典雅的花朵，綿綿情話也透過百合如喇叭的花形輕輕放送，彷彿昭告天下他的專情與她的幸福。

結婚後，她在先生的生活版圖裡紮營，卻也開始過起驚濤駭浪的日子。家族妯娌多，話珠子晃來蕩去，半從捕風捉影，半從虛無想像，在你言我語的齒舌激盪裡翻滾，漸漸的如同八點檔連續劇的劇情，加油添醋調味後，滾來這家盪入那家，再進化為獨門暗器。她常常無意之間就被精準射中要害，新嫁娘的她動則得咎，出面張羅公婆的壽宴，被說是愛出風頭，得到教訓後，學會不在家族大小事裡出聲，又被說是孤僻高傲，她百口莫辯，像被綁了五花大綁，供眾人審判，卻不知罪在何處，她身受內傷，外表卻不見血、不留痕。

漸漸的，她發現婚姻裡的自己尚待修練的內功還多著呢！那些在婚姻裡存活的女人懂著靜觀微妙的血緣關係與利害糾葛，懂得以心中的斤兩衡量人情輕重，在妯娌圈裡因勢隨機組合群我關係，人前嘴圓人後口利，在隱忍、幽嫻、犀利、驃悍中從容進出，撐著笑臉顧全大局。她才發現：愛情談的是心情，婚姻論的是人情，原來宮廷劇裡深宮後院的爭鬥其來有自，已婚的女人沒有自己的名字，成功的女人一律叫「百合」！

她的婚姻生活就從那百合花柱掉落在花瓣上的細細花粉開始，先是雪白的花顏沾惹點點塵埃，接著花朵凋零，殘瓣紛紛掉落，只剩那花柱孤獨挺立，散播的花粉繼續在空氣中游移，惹得對婚姻生活過敏的她氣喘、淚涕齊流。

她想起戀愛中的女人如百合清麗脫俗，嬌羞典雅，婚後卻是百合花的另一式存在，藉由喇叭發聲，巧語應對家族裡的微妙關係，蜚短流長保住在妯娌之間的重要地位，關起門來向先生抱怨生活的險僻奇苦，向小孩怒罵嘮叨自己的期望，宣洩日子的繁瑣鬱卒，將女人的鬱卒哀怨悠悠放送。

她為自己再買了一束白色百合，緬懷還未走入婚姻時的清純脫俗。結婚時牆上貼著鮮豔刺眼的紅字：「百年好合」還大辣辣的存在著，從清香脫俗到混濁入世，她在婚姻裡修練，漸漸產生免疫力，已經不為花粉過敏所苦了，看著百合層疊交合的繁複鱗片球莖，想到愛情裡遺世獨立的兩人世界，又想到繁複婚姻生活中環環相扣的瑣細世相，不禁嘆了一口氣，在女人的婚姻生活中，要「百合」，還真是不容易！

園丁語錄

百合原生於北半球大陸的溫帶地區，主要分佈在亞洲東部、歐洲、北美洲等，多年生草本植物，肉質鱗莖由多數鱗片所層疊合成，花色繁多，有白、粉紅、紅、橙、黃諸多品種，一般常見為大喇叭狀白花的鐵砲百合和香水百合。

- 別　名：玉手爐、島仙、中逢花、連珠
- 花　語：純潔、莊嚴
- 花　期：5 月至 7 月
- 花環境：可盆栽和花壇栽種，喜愛排水良好、表土深厚的砂質土壤，在春季以種子、鱗莖或球莖繁植，不喜強光直射。

仙客來

何處女兒家

簇生擁擠的葉群中
掙脫出一枝細長的莖幹
在頂端悄然開出紅粉粉的蝶形花朵
搖搖顫顫
如一隻蝴蝶張翅欲飛
卻怯生生不知飛往何去

她走出娘家大門，腳步遲疑，熟悉又陌生的複雜感覺，是離家還是回家？

出嫁那一天，母親遞給她一把扇子，囑咐她在喜車開走時，將扇子從車窗中丟出來，她帶著新嫁娘的憨笑問母親：「為什麼要這樣做？」心中甜甜地想著這應該是婚禮的祝福儀式，如百年好合之類的戲碼，母親卻很慎重地說明：丟扇子代表將妳在娘家的習氣全部丟棄，今後就是那邊的人了，要乖順的做人家的媳婦，才會得人疼。她隨即被簇擁上了喜車，丟出扇子，然後被娘家潑出的一盆水送走，離開了生長二十八年的家。

婚後，她在夫家落腳，學習新的方言口音語態與生活作息，如同斷奶的嬰兒，嘗試著先生熟稔而她鹹甜口感陌生的菜餚，南部夫家沒有記憶裡煮湯先爆香的聲響，湯頭也少了一股熟悉的香氣，也習慣的在煮菜時加入一匙糖，在飲食裡慢慢封鎖她熟悉的感官記憶，生活也彷彿讀著一本缺乏註解的書，日常行止與話語因為缺乏典故溯源而納悶難解，有如走入一座迷霧的森林，不斷搜尋座標定位，卻如同手機地圖裡不斷累格畫著圈圈，無法安駐，油然升起獨在異鄉為異客的孤獨感受。

年節將至，花市裡一株植物吸引她的目光，簇生擁擠的葉群中掙脫出一枝細長的莖幹，頂端悄然開出粉紅色的蝶形花朵，在枝幹上搖搖顫顫，宛如一隻剛從蛹殼外探的蝴蝶，張翅欲飛，卻怯生生的孤立其上，四處觀望這陌生的處境，無法安然棲息，她好像遇到知音一樣，看到盆栽上的花名標示牌寫著：「仙客來」，想像被謫下凡塵的仙人來這處作客，孤獨的置身在這俗世裡，陌生遙遠而恍惚。

她不禁懷想起童年與少女時期成長的家，但年節回娘家作客，回到她依戀的熟悉歸處時，發現她的房間已被改裝為弟弟的新生兒育嬰房，兒時留下的什物也已不翼而飛，她問起東西去處，母親沒好氣地說：「妳都已經嫁人了，還把東西堆在那裡，佔人家的地方，那些有的沒的都清掉了啦！」她依稀記起留在老家的小學畢業紀念冊、相簿、獎狀、塗鴉本，再往記憶深處尋去，翻飛起紀念冊的扉頁，那生澀的筆跡好樣在頁面裡認真被祝福著：「鵬程萬里」、「一帆風順」，而她飛到哪裡了？又飄颺到何處？倦鳥有歸巢、漂泊的船帆也都有歸航的港灣，而她呢？失去靠岸的船隻、沒有方向的飛鳥，又將往哪兒棲息與安駐呢？

那個她曾經作白日夢的房間裡，現在有一個女嬰躺在蕾絲床裡，「少女的祈禱」的水晶音樂叮叮咚咚，小女孩在睡夢裡甜甜憨笑，她不禁苦笑想著：又一個旅棧的掛褡者嗎？

母親對她如客人般款待，頻頻問起：「妳媽好嗎？」她愣了一下才回神過來，知道母親問候的是她的婆婆，想起那一株仙客來，孤獨枝幹頂端的蝶翼漫無目的的搧著，有如結婚時那把被丟置的棄扇。

「再回來作客啊！」娘家人殷勤客氣，車子駛出這已然陌生的娘家，她不是歸人，只是過客，在暗沉沉的夜晚公路奔馳著，望著一個個燈火通明的窗台，想起出嫁前，母親最後的叮嚀：「嫁了之後，就要認命，那是妳自己的選擇！」

而她的選擇讓她成為一朵仙客來，花瓣翻飛，如落入凡塵的仙人四處作客，卻找不到安身處，在迷霧裡載浮載沉。心形葉片與蝶型花朵隔著孤獨的花莖遙遠相望，想起曾經窩在母親懷裡聆聽溫暖心跳的小女孩，如今的她是剝離葉叢、在花莖頂端的那朵獨行花，不知所歸何處。

園丁語錄

Gardener's Notebook

仙客來，原生於南歐（地中海沿岸至土耳其一帶），多年生草本球莖植物，一根根直立長梗挺出叢生的心臟形的灰綠色葉片，上有銀灰色花紋。成熟植株高度通常不超過 30 公分，細長花莖頂端開花，一梗一花，花色豐富，有紅、粉、紫紅、白等純色、雙色或鑲邊等諸多顏色。

- 別　名：櫻草花、聖母心、修女花、蘿蔔海棠、兔耳花
- 花　語：羞怯、離別
- 花　期：晚秋到初夏
- 花環境：可播種或利用球莖繁殖，播種法需栽培於半日陰、通風及排水良好、混和腐質土及石灰砂的壤土，9 到 10 月播種，花期長，可自 10 月至翌年 5 月上旬陸續開花，球根繁殖則必須於花期過後，選擇肥大的地下塊莖，保存於通風陰涼之處，初秋種植，應注意給予明亮的間接光線和潮溼的空氣濕度，喜陰涼環境，避免夏日豔陽及雨水直接淋灑，但在開花期要保持盆土均勻溼潤，冬天可移到室內有日照之處。

瓜葉菊

孕母心

一簇簇鮮麗的小花抬起圓臉嬌憨微笑
葉片似圓瓜的飽滿福喜
以瓜瓞綿綿的沃土
吸納日精月華
滋長血肉脈動的鮮活生命
孕育母者溫婉的關愛與期待

初冬早晨，她輕撫著隆起的小腹，以緩慢的步履小心翼翼地走在人群中。懷孕後，體態和體質都逐漸在改變，從懷孕初期嘔吐昏眩如山崩地動時開始，一顆愛的種子在她體內暗自泅泳，嵌入生命汩汩流動的血肉中，也開啟了她另一個截然不同的人生，苗條的身形也漸漸不見，搖擺著身軀，尋找新的平衡姿態，感覺自己從一朵娉婷的鮮花已成為孕育生命的地母。

不知道是不是自己多心了，竟覺得路上的行人都盯著她的瓜形肚子瞧，感到渾身不自在，她還未能習慣當個母親呢！年節將至，熱鬧市場裡，瓜葉菊綻開紅、紫、白、藍各色花顏，想起年輕時眾多追求者送來滿室的花團錦簇，從君子好逑的窈窕淑女成為論斤計兩的市場人妻，她不禁被牽動了心緒，走入瓜葉菊花群裡，緬懷燦爛的青春，卻也隨即落寞一笑，已婚女人早已失去被鮮花愛情捧上天的權利，更何況她這個大腹便便的孕婦。

她的愛情在婚後早已不再是奶油糖霜，而是蒙上人情俗世的風塵，一層厚過一層，對丈夫而言，結婚是愛情的圓滿結束，是功名利祿廝殺一條活路的開始，從此生活多了擔負；但對她而言，卻希望結婚是從此王子和公主過著幸福生活的開始，是愛情諾言的皈依碼頭，從此生命有了依附，於是，她與先生各自斟酌一條婚後的新路，卻也是走上叉路的開始，兩人彷彿漸行漸遠，只獨留她在飲食男女尋常行止之間，眷戀著過往甜蜜的愛情滋味。

她吃力地彎下腰，為自己挑一盆瓜葉菊，溫存一下愛情的回憶，看著藍的深沉、紅的喧浮、粉的貴氣等各色花顏，不禁納悶：平日喜歡清麗白花的自己，什麼時候竟也被這五光十色吸引了，望了一眼自己粗大的腰身，心想：是不是孕期攝食的口味改變，竟連向來的喜好也物換星移了？既而自我解嘲：也許已經找不到自己美麗的理由，只好將日子上彩去，而淡彩夢幻已成往事，瓜葉菊的豔麗更代表目前的生活情調吧！

如同所有孕婦對即興喜好的強烈擁有慾望，她也趁興帶了一盆瓜葉菊回家，歡天喜地的擺在案上欣賞著，一簇簇鮮麗的小花看來神采奕奕，抬起圓臉露出知足的憨笑，她喜歡這樣的圓滿福喜，突然湧起幸福的滿足，嘴裡不自覺呢喃起花開富貴、福祿壽喜、平安如意的吉祥祝頌，卻也驚訝自己已然像個母者，一心一意為肚子裡的小生命預約瓜熟蒂落的順遂圓滿，那瓜葉菊葉片似圓瓜狀的飽滿福喜，也為自己找到理所當然的理由，彷彿她的內心早已備好一片瓜瓞綿綿的沃土，孕育著渾圓飽滿的瓜，內裡蘊藏著朱紅的血肉，正如她的圓腹裡也吸納日精月華，滋長著一個血肉脈動與她相連的鮮活生命。

她出神凝望著瓜葉菊，竟也在這當下自得其樂，難道所有過往的情愛歡愉並未消失？那些溫存與幸福的時刻醞釀了這個神奇珍貴的結晶，見證了她的愛情，也是她身為女人的生命禮讚。

於是，她終於下落凡塵，認命作一名世間媳婦，輕撫肚子裡悄然成形的小生命，在心裡油然生起母者溫婉的關愛與期待。

園丁語錄

瓜葉菊，原生於非洲西岸迦納利島，因葉形像瓜類植物而得名，一年生半耐寒庭園草本植物，花朵叢集於莖端，有紅、紫、白、藍等品種，又有各色混生的衆多花色，顏色斑斕，花開燦爛，葉片呈圓形鋸齒狀，春節前生長快速，為近年來頗受歡迎的迎春花。

- 別　名：富貴菊
- 花　語：興奮、喜悅、光輝
- 花　期：1月至5月
- 花環境：通常以盆栽形式種植，秋季時可在沙質土上播種，再覆以淺土，置於通風陰涼處，以細孔噴壺澆水，保持土壤均勻濕潤，約10日左右即可發芽，長出四、五枚葉片時移植盆栽，成長期多補充水份，半年後即可開花。

蜀葵

在心田種花

美麗的花朵編織了春天的錦繡
在向陽的想望與俯身耕耘的日課裡
俯仰行止之間
演奏最雄壯的春天進行曲

天氣回暖，風和日麗，又是蜀葵裝扮春天的季節。

鄉野花田裡、紅、白、黃、紫、粉紅、桃紅、深紫……各種顏色的蜀葵花在高挺的枝幹上，一朵一朵奮力往天空攀升，追著太陽，燦爛奪目。

歲末最後一季稻米收成後，農民在休耕的田裡撒下花籽，在下一季春耕之前將稻田變花園，來個蜀葵快閃秀，也是辛苦農作的美麗犒賞吧！

久居城市的她工作休假回到家鄉來，正巧遇到這片繁花盛景，自認魯蛇、生活充滿無力感的她心想：是什麼樣的力量，可以撐起這高聳直立且花團錦簇的植株？她也多希望像這樣在泥淖裡奮身而起，竄起一股勇氣，從困境中脫拔而出，如同這不斷攀升的耀眼蜀葵。

她駐足於蜀葵花田裡費思量，巧遇花田主人，正是看她長大的老農，他說：能夠撐起這長長高高的花莖，必須根基在沃土上，然而大地無私，當蜀葵小小的幼芽從土裡探出頭來，同樣的，各式雜草也享受雨露均霑的待遇，趁機一一竄出，蜀葵的花苗漸漸湮沒於滿園蔓草裡，耕作者只得彎下身來，耐心地拔除這些不請自來的訪客，野草除不盡，春風吹又生，但只要這時一心一意，待雜草除盡後，無為而治的時刻就來臨了，此時豐腴土壤就會全然滋養著蜀葵抽枝長葉、冒出花苞，接著一朵一朵碩大花朵陸續向上開花，看得人兒心花也開了。

她也曾經擁有一片沃土，家境小康、天資聰穎，成績優異的她，在那個會讀書的年代，有了嫁作農婦之餘的更多選擇，於是，她早早就驕傲地離鄉背井，來到大都市念高中，如同這看似雄心壯志、力爭上游，想要步步登高，看看世界有多遼闊的蜀葵。

在那個重視成績的年代，其他會影響讀書的才能都被打壓了，於是她也不知道除了讀書以外，她還會什麼、喜愛什麼，然而，有了這會讀書的籌碼，她順利考上頂尖大學、畢業後找到工作，但是從小的優越感讓她在職場也三心兩意，一點挫折或不順心就想離職，總想著應該有更好的工作在等著她，不斷變換職場跑道，什麼都要，卻不知道自己想要什麼，工作如此，愛情亦如是，總是在下一個情人會更好的想望裡，輕易換過一個個的情人，她在豐腴的夢田裡期待華枝春滿，但各種紛陳的意念也如雜草接二連三冒出，將自己湮沒在一片雜亂蔓蕪的田地裡，找不到前行的方向。

多年後的現在，她仍在原地打轉，甚至更像在沒有長進的日子裡匍匐前進，她抬頭向高掛的蜀葵花望去，陽光好耀眼，卻也離她很遙遠。

於是，蜀葵這生命力的鼓舞，深深敲扣了她的心。她知道去除心裡如雜草的念想是必要的功課，要如蜀葵的盛景，就從尋找夢想的初心開始吧！去除癡心妄想，為生命定向，就如同拔除雜草一般，扶持了挺秀的植株，那麼就靜待花季到來，錦花向陽開，這樣的蜀葵對她而言更是壯士斷腕的悲壯療癒，她也在心田裡種花，埋下「初心」的花籽，一一去除心中的雜草，在耕耘心田的日課裡，等待她的生命主幹破土而出。

她再次昂首探望蜀葵，美麗的花朵編織了春天的錦繡，在向陽的想望與俯身耕耘的日課裡，她知道這俯仰行止之間，就是春天最雄壯的進行曲了。

園丁語錄

Gardener's Notebook

蜀葵，錦葵科蜀葵屬植物，相傳最早栽種於四川，故得「蜀葵」之名。又名「一丈紅」，顧名思義，主幹可長至一或二公尺以上。一至二年生直立草本，莖枝密被刺毛，莖直立，基本上不分枝。花開於葉腋，花朵呈圓盤狀，開白、黃、淺橘、粉紅、紫紅、紫、紅、黑、桃紅等繽紛花色的單瓣或重瓣花，花朵直徑約 6-10 公分。

- 別　名：一丈紅、熟季花、戎葵、吳葵、衛足葵、胡葵，在有些產地大約在端午節前後開花，所以又名「端午錦」或「龍船花」。
- 花　語：夢，夢想
- 花　期：2 月至 8 月，台灣較溫暖，等不及端午，在早春已是五彩繽紛的美麗姿態。
- 花環境：喜陽光充足，疏鬆肥沃，排水良好，富含有機質的沙質土壤中生長。通常採用播種繁殖，一般以早春及秋、冬季為播種適期。秋播者約冬至早春開花，冬至早春播種者約春至夏季開花，也可進行分株和扦插繁殖。分株、扦插多用於優良品種的繁殖。

鳶尾花

一日一生

晨曦微亮
白色的花苞如蒙著白紗的朝聖者莊嚴聖潔
靜靜等待著天光
一枚花瓣先仰起頭來
另外兩枚未開展的扣合花瓣竟如雙手合十祈禱
有如對這一天的虔敬祝福

那年她參加了一場春天的野宴，同行友人剪下家裡綻放的帶葉鳶尾花擺設在野餐桌上，一場春宴更具詩情畫意。餐後，友人告知花莖側生的扇型小苗可以再定植，長成新的植株，於是，她將這鳶尾小苗帶回，種在花盆裡，期待在家也能欣賞花開的美麗景象。

鳶尾花因為花瓣像鳶鳥的尾巴而得此名，也因為花形如蝴蝶，亦叫作「蝴蝶花」。希臘文花名 Iris 是「彩虹」之意，有如希臘神話裡下凡前來人間的彩虹女神，將善良的人經由彩虹橋帶回天國。既是「彩虹」，此花有紅、橙、紫藍、鮮黃、純白或各色穿插的品種，各有其姿彩，而她最早的鳶尾花印象來自梵谷多幅鳶尾花的畫作，那在原野、庭園或是花瓶裡的鳶尾花，看似靜謐婉約，卻在梵谷流動的線條勾勒下，如同不安、騷動的靈魂，她也隨著這如飛翔軌跡的隱形翅膀，觸動內心的渴望，從心靈窗口向外眺望，她想：這樣敲扣生命的悸動，應該是鳶尾花的神祕密碼吧！

她種的是藍白褐色相間的巴西鳶尾花，平日不見花開，但見狹長綠葉隨風擺盪，清雅飄逸，倒也為生活增添了雅興。隔年春天，下了整晚淅瀝夜雨後的早晨，她竟在葉片側邊發現一朵悄然綻放的鳶尾花，三片純白花瓣守護著內層藍白褐色相間的三瓣花萼及中心的花蕾，有如踮起腳尖的芭蕾舞者，以挺立的姿態撐起一身的平衡，風起時也如盪鞦韆一樣飄來盪去，她想到賈桂琳•伍德生的小說《其實我不想說》，書中追尋自我的母親這樣寫著：「就在逝去的邊緣，在我被放棄以前，在我垂垂老矣以前，在我太害怕而不敢落地之前，我要抓緊生命的鞦韆，與它一起盡情搖擺。」這是時間流逝之間的奮力攫取，是恣意享受的酣暢青春，在長長葉片上擺盪的鳶尾是這樣的心情，梵谷也是，走在歲月鋼索上的人們也是如此吧！

她初見花顏後，接著忙於工作，卻一直惦念著花事，等到下午得空再去探望時，鳶尾花已捲曲收闔成一個小花團，原來這花開的一日就是鳶尾花的一生啊！她想到梵谷畫筆下舞動的鳶尾花線條，難道這是敏銳感知生命涓滴流逝，力挽匆促時光的焦慮與狂熱？

於是，她珍惜下一朵鳶尾花的綻放，看到另一個鼓起的花苞，有如即將孕育生命的母者時，遂於隔日早起探訪，晨曦微亮，白色的花苞如蒙著白紗的朝聖者一樣莊嚴聖潔，靜靜等待著天光，接著，「答」的輕微一聲，彷彿琴弓觸弦的生命啟奏，一枚花瓣仰起頭來，另外兩枚未開展的扣合花瓣竟如雙手合十祈禱，彷彿對這一天的虔敬祝福，接著，花瓣如雙手慎重的展開來，守護裡層的三瓣花萼，漸漸盛開的花形如翩翩彩蝶，悠然在世間起舞。

午後，鳶尾花的白色花瓣末端逐漸往內捲入含藏，在向晚時分，整朵花又捲曲收闔成小花團，一日一生就此謝幕，這樣的告別從容優雅，那捲起的是生命行進間美好風景的掇拾與珍藏，此生難得，且行且珍惜。

隨著日子前行，她的鳶尾花接續綻放，這花開花謝的啟示如天書，在時間流逝的每個蒼白片刻間，在揮霍無度的光陰裡，這一日一生竟是如此的莊嚴而美麗，她想：我該怎樣看待尋常的每一天，如同一生的隆重與珍惜？

園 丁 語 錄

鳶尾花是鳶尾屬的統稱，多年生草本植物，原生於歐洲，有多樣品種，劍形或條形葉片，花瓣似鳶鳥的尾巴，所以中文叫作鳶尾花，又因花形也似翩翩起舞的蝴蝶，故也有「蝴蝶花」之名，也因為各品種的花朵豐富如彩虹的色彩，英文花名 iris（愛麗絲）則取自希臘神話彩虹女神之意，其任務在於將善良的人死後靈魂經由彩虹橋攜回天國，所以鳶尾花也代表著上帝連結世間的橋梁，至今希臘人常在墓地種植鳶尾花，意喻死後的靈魂能託此花帶回天國。

- 別　名：愛麗絲、蝴蝶花
- 花　期：春至初夏
- 花　語：眾多顏色的鳶尾花各代表不同的含意。大體而言，白色鳶尾代表純真，黃色表示友誼永固、熱情開朗，藍色是讚賞對方素雅大方或暗中仰慕，紫色則寓意愛意與吉祥。紫藍色則是好消息、使者、想念你。
- 花環境：最適宜生長的溫度介於 15-17°C 之間，平時要保持土壤濕潤狀態，生命力旺盛，通常以分株、扦插的方式進行繁殖，每年 9 月下旬到早春休眠期，可將鳶尾約 8-10 公分的分株根莖植入含腐殖質的鹼性壤土中，若植株健壯，多在第二年即可開花。

櫻花

青春烙

天地為人間預約的舞者
每年盛裝前來
在蒼老樹幹撐起的嶙峋枝枒上
演繹浪漫的舞碼
幻化滿天飛舞的絢麗
時光旅人穿梭其中
在青春大夢中如癡如醉

她看見老，從臉上一塊褐色的斑點開始，層層脂粉怎麼也掩蓋不住，這臉上的褐色烙印彷彿是邁入老年的受洗儀式，什麼時候出現的？她不清楚，但就是這麼一天就悄悄來了，如同出國旅人在海關的戳記，行經重重人生關卡後，林林總總的記憶就這樣封存在這褐色印記裡，也宛如一張張與青春繾綣的泛黃老照片，這戳下的歲月烙印，證明那些「依稀」如假包換、曾經存在過。

她在陽台上拾起一片不知從何而來卻隨風吹落的無名花瓣，無心撥弄之間，竟在白色花瓣掐出如細細血絲的桃色斑痕，彷彿她曾經粉嫩的少女容顏，漸漸的，被揉搓的粉紅痕跡也逐漸黯然枯萎，在她手心裡成為褐色的殘骸，如同她被歲月搓揉過的青春，炫麗迷亂，在時光躡手躡足挪移之間，最終也只是留下這褐色烙記，駐足在她的臉上，也就只是靜靜的記得了，等著她在悠悠歲月裡沏一壺茶，在氤氳熱氣中慢慢溫存，讓記憶裊裊迴繞，徒留一抹幽香。

那麼，該有什麼是與青春交換的信物吧？她的記憶來到歲月的行旅裡，那年來到日本經營之神松下幸之助的「真真庵」，典藏室裡一件弧度優雅的褐色木盒吸引住她的目光，那光潤的色澤與圓柔的曲線渾然天成，巧奪天工，據說雕刻木盒的工匠初視這木塊原料時，覺得材質甚好，但認為更需要等它吸足日精月華的靈氣，才能成就風華，於是等待了二十五年的歲月，才開始雕刻這已柔潤的木塊，此時木匠已白髮蒼蒼，雙手不再靈活自如，但是在光陰的錘鍊下，技藝卻更為純熟，為了刻出流暢優美的弧度，他緊咬牙根，以剛毅的念力克服不斷顫抖的雙手，務求以最柔軟的手勁刻出自然圓潤的木盒弧度，當木盒完成時，老工匠的牙齒也因緊咬用力而全毀。如今昔人已遠，但這一褐色木盒也是老人的青春烙吧！年輕時生澀辛苦的划槳掌舵，在歲月中練就一葉輕舟行經千山萬水的功力，這是否可堪說是老來可喜呢？

那年她走出「真真庵」，穿梭在春天的櫻花林中，漫天的粉紅與雪白花雨如夢似幻，這美麗的櫻花彷彿是天地為人間預約的舞者，每年依約盛裝前來，在蒼老樹幹撐起的嶙峋枝枒上，演繹浪漫的舞碼，幻化滿天飛舞的絢麗，時光旅人穿梭其中，在青春大夢中如癡如醉，這是花樹多少年的歲月撐起的燦爛？但支撐這光燦的枝幹上布滿班斑駁駁的褐色斑點，也是一次次青春的烙印啊！

於是，她在花雨紛飛的回憶中，向依然挺立的櫻花樹含笑致意，將青春還諸天地。

園丁語錄

櫻花是薔薇科櫻亞屬所有種的統稱，起源於幾百萬年前的喜馬拉雅山地區，向北溫帶擴散，衆多野生種雜交培育，種類繁多。花朵大量盛開和在葉子長成前開花的特性，成為極受歡迎的賞花樹種。在日本一般以花朵顏色命名，例如：紫櫻、紅葉櫻、白菊櫻、太白櫻等；也有以發現或盛產的地名做為命名，如八重大島櫻、河津櫻、長州緋櫻、富士菊櫻等等。

- 別　名：徒名草、夢見草、曙草
- 花　語：幸福、純潔、熱情
- 花　期：多數在 3 月下旬至 4 月上旬開花，開花後一星期便會盛開，再過一星期即過盛開尖峰，花瓣開始凋零。若遇到強風和下雨，花期也會縮短。
- 花環境：適合種植在較為濕潤的地方，秋末或初春時定植，澆透水，15-20 天後就可以成活，之後每 8-10 天澆水一次，保持土壤潮濕，但是不能積水。不定期鬆土，每年施肥 2 次，一次冬肥，另一次在落花後，花期過後修剪老葉，促進新一輪的生長與開花。

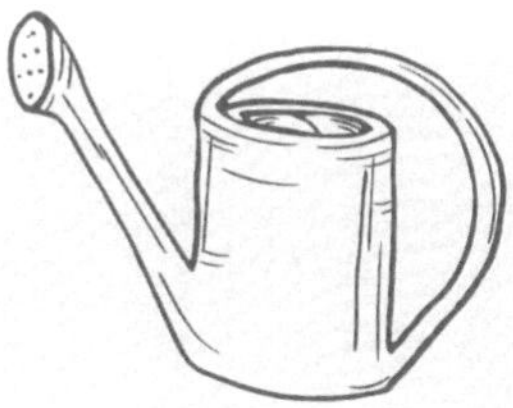

圖片來源

書中未特別標示之照片，均由作者親自攝影。其餘照片、插畫來源依書中出現順序標示如下：

封面 Photo by The New York Public Library on Unsplash (Unsplash License)

篇名頁 Photo by The New York Public Library on Unsplash (Unsplash License)

曇花 Photo by epiforums, https://www.flickr.com/photos/epiforums/286970600/in/album-72057594060364589/ (cc)

風信子（藍） biodiversitylibrary.org/page/12695514 (Public Domain)

風信子（粉） biodiversitylibrary.org/page/12695525 (Public Domain)

星辰花 Photo by Magnus Manske, https://commons.wikimedia.org/wiki/File:Limonium_sinatum_%27Midnight_Blue%27_(Plumbagnaceae)_flower.JPG (cc)

紫藤 Photo by Rebecca Matthews on Unsplash (Unsplash License)

相思 Photo by Nina Luong on Unsplash (Unsplash License)

貝利氏相思（Acacia baileyana） biodiversitylibrary.org/page/49737204 (Public Domain)

白千層 biodiversitylibrary.org/page/35991383 (Public Domain)

白千層 biodiversitylibrary.org/page/483271 (Public Domain)

口紅花 biodiversitylibrary.org/page/49653714 (Public Domain)

口紅花 biodiversitylibrary.org/page/47146343 (Public Domain)

煮飯花 biodiversitylibrary.org/page/36399023 (Public Domain)

煮飯花 *The Botanical Magazine* (London). Vol. 11, https://bibdigital.rjb.csic.es/viewer/174718 5/?offset=4#page=72&viewer=picture&o=info&n=0&q=Marvel-of-Peru (Public Domain)

素心蘭 biodiversitylibrary.org/page/37027213 (Public Domain)

素心蘭 biodiversitylibrary.org/page/477168 (Public Domain)

釀文學275　PG2902

如花綻放的日子

作　　者　林美琴
責任編輯　孟人玉
圖文排版　黃莉珊
封面設計　吳咏潔

出版策劃　釀出版
製作發行　秀威資訊科技股份有限公司
114 台北市內湖區瑞光路76巷65號1樓
電話：+886-2-2796-3638　傳真：+886-2-2796-1377
服務信箱：service@showwe.com.tw
http://www.showwe.com.tw
郵政劃撥　19563868　戶名：秀威資訊科技股份有限公司
展售門市　國家書店【松江門市】
104 台北市中山區松江路209號1樓
電話：+886-2-2518-0207　傳真：+886-2-2518-0778
網路訂購　秀威網路書店：https://store.showwe.tw
國家網路書店：https://www.govbooks.com.tw
法律顧問　毛國樑　律師
總 經 銷　聯合發行股份有限公司
231新北市新店區寶橋路235巷6弄6號4F
電話：+886-2-2917-8022　傳真：+886-2-2915-6275

出版日期　2023年6月　BOD一版
2024年7月　BOD二版
定　　價　399元

讀者回函卡

Printed in Taiwan

國家圖書館出版品預行編目

如花綻放的日子 / 林美琴著. -- 一版. -- 臺北市 : 釀出版, 2023.06
面 ;　公分. -- (釀文學 ; 275)
BOD版
ISBN 978-986-445-795-3(平裝)

863.55　　112003408